COLLECTION FOLIO

Olivia Rosenthal

Mécanismes de survie en milieu hostile

Gallimard

Cet ouvrage a précédemment paru aux Éditions Verticales.

Olivia Rosenthal a publié onze fictions aux Éditions Verticales, notamment *Mes petites communautés* (1999), *Les fantaisies spéculatives de J.H. le sémite* (2005), *On n'est pas là pour disparaître* (2007 ; prix Wepler-Fondation La Poste 2007), *Que font les rennes après Noël ?* (2010 ; prix Alexandre-Vialatte 2011, prix Ève-Delacroix de l'Académie française 2010) et *Mécanismes de survie en milieu hostile* (2014), ainsi que, dans la collection « Minimales », une satire initiatique, *Les sept voies de la désobéissance* (2004), un recueil de textes brefs, *Ils ne sont pour rien dans mes larmes* (2012), et un triptyque, *Toutes les femmes sont des Aliens* (2016).

Elle est en outre l'auteure de deux récits issus de son projet Architecture en paroles : *Viande froide* (Nouvelles Éditions Lignes / 104) et *Maison d'arrêt Paris-La Santé* (éd. Paris Musées / Carnavalet) ainsi que de deux pièces pour le théâtre : *Les félins m'aiment bien* (Actes Sud-Papiers, 2004) et *Les lois de l'hospitalité* (Inventaire / Invention, 2008).

Initiatrice de nombreuses performances avec des cinéastes, plasticiens ou compositeurs, elle a également fondé avec Lionel Ruffel le master de création littéraire à l'université de Saint-Denis.

Les faits ne se contentent pas d'arriver, ils reviennent. Qu'on les accepte ou non, ils sont plus insistants et plus entêtés que les stratagèmes qu'on invente pour les éviter. Écrire fait partie de ces stratagèmes. On croit contrôler, répartir, organiser et tenir le réel sous sa coupe et la plupart du temps on se laisse déborder. On avance aveuglément vers le dénouement pour découvrir in extremis qu'en fictionnant le monde on a seulement essayé de retrouver ce qui avait eu lieu et qu'on avait oublié.

1.

La fuite

Je l'ai abandonnée sur le bas-côté de la route, de toute façon je ne pouvais plus rester avec elle, ça devenait trop dangereux. Je l'ai laissée à l'abri du vent, dans une ornière, derrière une haie touffue, un enchevêtrement de racines et de plantes épineuses hostiles comme des barbelés. Je me suis dit qu'elle pourrait rester là sans être vue et que, si des alliés venaient à emprunter cette route, elle les entendrait et manifesterait sa présence. J'ai fourré quelques provisions dans un sac en toile, je l'ai passé sous son bras. Elle a gémi, elle a ouvert les yeux, je lui ai juste murmuré à l'oreille Je m'en vais. Puis j'ai repris la route. J'ai suivi l'ornière pendant plusieurs centaines de mètres, après il y avait un vaste terrain à découvert, j'ai préféré attendre la nuit même si je sais que la nuit n'est pas favorable. Nous ne devons pas nous déplacer la nuit. Mais je l'ai fait. J'ai attendu que le soleil se couche. J'ai regardé longtemps le plateau dénudé, épiant les moindres mouvements, les changements de lumière, essayant de deviner la présence d'assaillants invisibles. Je n'arrivais pas à franchir le pas, je me demandais si je ne ferais pas mieux de rebrousser chemin et de revenir. Il y a eu un bruit derrière moi, comme un froissement. C'était peut-être juste un oiseau qui se frayait un passage entre les branches mais j'ai eu si peur que sans réfléchir je me suis jetée en avant. J'ai couru le plus vite possible droit devant moi et pendant toute la durée de cette course j'ai imaginé qu'une balle pouvait m'arrêter net. Au lieu de me paralyser, cette conjecture a redoublé mes forces. Je me suis concentrée uniquement sur le souffle, la manière la plus efficace de fendre l'air. La peur est une méthode pour s'ignorer soi-même et donc se conserver.

Je ne sais pas combien de temps j'ai couru. Je me suis retrouvée sous les arbres. Je me suis arrêtée quand je ne pouvais presque plus respirer. J'ai regardé en arrière. Je devinais encore la longue haie broussailleuse où je l'avais laissée, la route en retrait. Quelque chose en moi refusait de partir. Longtemps, je me suis tenue là, à la lisière, le cœur battant comme si sa silhouette allait brusquement apparaître sur le plateau et me rejoindre. Rien de tel ne s'est produit. Plus tard, je ne sais pas comment, je me suis retrouvée dans la forêt. J'ai buté sur des troncs renversés, j'ai tâtonné dans le noir. Le vent s'était levé. Il faisait plus frais.

J'ai dormi par intermittence, adossée à un arbre. Je n'ai pas mangé. Comme je ne me rappelais plus la date exacte de mon départ, j'ai pris la résolution de compter les jours à partir du lendemain. J'ai pensé que cela me permettrait de mesurer le temps qui me séparait d'elle et m'en éloignerait inexorablement. J'ai pensé que le nombre de jours allait grandir et grandir encore et qu'à un moment il serait si grand que je ne pourrais plus rien y faire. Les chiffres empliraient mon esprit, l'apaiseraient et l'épaissiraient. J'avais envie de me plonger dans l'épaisseur des chiffres.

Le lendemain a été le premier jour. Je me suis arrangée pour suivre les anciennes voies ferrées à distance. Je voulais éviter les patrouilles.

Je suis parvenue à un village le cinquième jour. Je me suis postée à quelques dizaines de mètres, j'ai attendu. Je craignais qu'un groupe n'y ait élu domicile. J'ai humé l'air, aucune odeur suspecte n'est parvenue à mes narines. J'ai gratté le sol pour vérifier qu'il n'était pas creusé de galeries. J'ai plaqué mon oreille à même la terre, j'ai écouté. Rien. Tout était calme. J'ai attendu encore. Une journée entière et une nuit, je suis restée près du village sans y pénétrer. C'est le sixième jour que j'ai pris le risque de visiter les maisons. Le village était abandonné. Avant de partir, les habitants avaient brûlé tout ce qui aurait pu permettre de les identifier. J'ai fouillé un peu partout, j'ai trouvé un abri correct, je commençais à m'affaiblir, je suis restée.

Au début j'ai trouvé que c'était difficile de ne parler à personne. J'ai regretté de l'avoir laissée. J'ai souffert de l'avoir laissée. Je me suis dit que, si j'avais atteint ce village avec elle, j'aurais peut-être pu la soigner. Mais le penser m'usait alors j'ai cessé de le penser. Je me suis concentrée sur l'organisation de ma survie et aussi j'ai décidé de parler cette survie, de dire les mots. J'avais peur sinon de les oublier. Ma voix résonnait bizarrement à mes oreilles. Je disais Je vais me cacher, je disais Je vais visiter les maisons à l'heure médiane, je vais trouver un endroit sûr, un endroit pour moi toute seule, pour dormir au sec, au chaud, à l'abri des regards. Il y a des mots que j'ai employés sans savoir. Par exemple médiane, je l'ai dit pour me faire plaisir à moi-même, pour faire revenir quelque chose de très ancien, de très enfoui et le dire m'a fait du bien.

Les premiers jours, j'avais peur qu'un groupe ne vienne. Si on me trouvait, j'étais perdue, ils me puniraient, ce serait très cruel. Je les avais déjà vus faire. Et moi aussi je l'avais fait. Dans l'une des maisons, j'ai trouvé une cache et j'ai décidé d'y installer provisoirement mon domaine, le temps de retrouver des forces et de me fabriquer des armes. Le huitième jour j'ai dit Je vais confectionner des armes. J'ai constaté que je parlais pour le futur, qu'il y avait donc un avenir à explorer. Je me suis promis de l'explorer plus tard quand j'aurais pris du repos. J'ai dormi recroquevillée dans ma cache presque aussi étroite qu'un tiroir. Je me suis réveillée plusieurs fois sans savoir quelle heure il était. Cela faisait longtemps que je ne savais plus compter les heures. J'ai décidé qu'il fallait que je le sache au moins approximativement parce que si les heures disparaissaient elles aussi il deviendrait impossible de compter les jours, et les jours je voulais absolument les compter. Je suis sortie de mon repaire avec prudence, j'ai poussé l'espèce de trappe derrière laquelle j'étais cachée, il y avait beaucoup de lumière. Je me suis dirigée vers l'entrée de la maison à contrecœur. J'aurais préféré rester dans mon antre et me noyer définitivement dans le sommeil. J'ai vu le soleil à la verticale, midi me suis-je dit, l'heure zénithale. J'ai pensé qu'il y avait un parallèle, un écart et un parallèle, entre l'heure médiane et l'heure zénithale. J'ai eu la confirmation que les mots désignent des réalités du monde, inscrivent de la durée. Ça m'a fait plaisir un moment puis j'ai oublié le plaisir. Je me suis sentie exposée, là, devant cette maison, très visible. J'ai eu l'impression qu'on me regardait, je suis remontée dans ma cachette le plus vite que j'ai pu et j'ai tremblé, j'ai tremblé en tenant à la main une de ces armes rudimentaires que j'avais commencé à confectionner.

Plus tard, j'ai compris qu'on ne m'avait pas vue. Pour l'instant j'étais seule. Ça ne m'a pas complètement rassurée mais au moins je me suis dit que ça laissait le temps de réfléchir à la suite. Je me suis dit Réfléchis à la suite, mais me donner des ordres n'a pas eu l'effet escompté. Je n'ai pas réfléchi. Je suis restée prostrée dans ma cachette. J'ai eu faim. J'ai eu soif. Je suis ressortie pour constater que la nuit était tombée. Je pouvais donc compter un jour, un jour encore depuis que j'avais abandonné ma compagne sur la route.

J'ai commencé à m'habituer à ma demeure, à relâcher ma vigilance. S'ils n'étaient pas venus, ils ne viendraient plus. J'ai commencé à sortir un peu plus, surtout dans la journée. D'abord une heure pour inspecter les lieux, puis deux heures puis l'après-midi entier. Les jours ont passé, la distance entre elle et moi s'est épaissie. En même temps, l'espace qui nous séparait était resté le même. Ça rendait mon départ difficile. J'ai calculé qu'en marchant régulièrement et en suivant exactement le chemin que j'avais pris à l'aller, je pouvais espérer la rejoindre en six jours. Mais il y avait déjà onze jours que je l'avais quittée. Une patrouille l'aurait récupérée. J'ai dit à haute voix Je me fais des illusions il n'y a pas de patrouille. Je m'en suis voulu de parler comme ça, de penser comme ça. En même temps, tout le monde fuyait, j'étais comme tout le monde.

Le treizième jour, j'ai découvert un ruisseau dans un ancien verger. J'ai bu à la rivière et je me suis lavée. Il fallait reprendre la route mais je n'y arrivais pas, je n'arrivais plus à bouger, une sorte d'engourdissement me gagnait, je me croyais en sécurité. Ma mémoire commençait à se brouiller, je me disais que c'était bon signe, que j'étais en train de l'abandonner. J'ai dit Je t'abandonne. J'ai dit Je ne peux pas faire autrement. J'ai dit Nous allions mourir toutes les deux. J'ai dit C'est mieux que l'une des deux survive. Je me suis tue. J'étais épuisée. Parler exigeait un effort considérable, plus d'effort que manger, se cacher, attendre, surveiller. La journée qui a suivi, je suis restée enfermée dans ma cachette, j'ai eu la fièvre.

C'est pendant cette période que des images, des sensations, des rêves me sont parvenus, d'abord indistincts puis plus limpides, si limpides qu'ils en sont devenus douloureux. Au quinzième jour, les images se sont précisées. Comme j'avais la fièvre je n'ai pas réussi à les chasser.

L'expérience dite de mort imminente (EMI) ou Near Death Experience *désigne un ensemble de troubles consécutifs à la mort clinique ou à un coma avancé. Les patients qui reviennent ensuite parmi les vivants décrivent tous des images similaires. Ils voient un tunnel, boyau étroit dans lequel leur silhouette s'introduit et marche. Ils aperçoivent, au bout de ce tunnel, une lumière. Dans cette ultime vision, ils sont réduits à l'état de silhouette, c'est-à-dire une forme noire, indifférenciée, une ombre. Ils sont longs et lisses, ils se déplacent lentement comme des automates. Ils essayent de sortir, d'atteindre le point lumineux au bout du tunnel. S'ils l'atteignent, leur silhouette s'y engloutira et s'y dissoudra. Mais ceux qui sont revenus ne l'atteignent pas. Ils restent sur le seuil, une force inconnue les empêche d'aller au-delà. Quand la sensation reflue, quand l'ouverture au fond s'éloigne, ils sont déçus, ils ont peut-être tort. Si leur silhouette passait la porte et disparaissait dans l'éblouissant éclat, ils seraient morts.*

Le dix-septième jour, j'ai eu moins de fièvre. J'ai pu observer l'horizon. Le temps était clair. Je n'ai rien vu d'inquiétant. Je suis retournée à la rivière, je me suis plongée entièrement dedans pour faire tomber la fièvre. Mes vêtements avaient collé à ma peau. Je les ai enlevés. J'ai attendu qu'ils sèchent, enveloppée dans une couverture récupérée dans l'une des maisons. Quelque chose dans l'air me disait qu'il fallait que je reparte. La nuit venue, alors que rien de particulier ne le justifiait, j'ai recommencé à avoir peur.

Le dix-huitième jour, il y avait quelqu'un dans la maison. Je l'ai su tout de suite, je crois même que c'est le bruit de l'herbe foulée qui m'a fait sortir du sommeil. Le soleil allait se lever. Il y avait un peu de lumière dans mon réduit et j'entendais quelque chose dehors. Des pas autour de la maison, des portes qu'on pousse, quelqu'un qui entre. Je me suis concentrée sur ma respiration, j'ai essayé de garder la tête froide, de réfléchir le plus vite possible à ce que je ferais s'ils poussaient la trappe. Je ne voyais aucune solution. J'étais prise au piège. J'ai pensé aux traces que j'avais laissées, est-ce que j'avais laissé des traces ? Je m'en voulais de ne pas les avoir systématiquement effacées. Les pas se sont rapprochés. J'ai eu de plus en plus de mal à penser. Mon corps est devenu flasque, mes muscles se sont affaissés. Je me suis sentie très faible. L'imminence de la mort ne m'a pas donné envie de me battre, au contraire. J'ai eu envie d'être déjà passée de l'autre côté, de n'avoir pas à affronter ma propre disparition. J'ai pensé que, dans des situations désespérées, les victimes se liquéfient et se vident. J'ai essayé de ne pas me liquéfier. Mon cœur s'est emballé, j'ai failli m'évanouir. J'ai cherché en tâtonnant les armes que je m'étais confectionnées, ma main tremblait, je n'étais pas sûre de pouvoir me défendre. Combien étaient-ils ? J'ai essayé de me concentrer sur les bruits que j'entendais, les odeurs. La fièvre est revenue tout de suite. J'ai attendu, attendu qu'ils viennent, ils ne sont pas venus. Les pas se sont éloignés, il y a eu encore des frottements comme s'ils traînaient quelque chose sur le sol puis plus rien.

Plusieurs jours ont passé, deux ou trois je pense. Je suis restée l'arme à la main, sans manger, sans boire, j'ai dû somnoler. J'ai repris conscience en plein après-midi, parce qu'il faisait brusquement très chaud dans ma cachette et parce que l'air s'était raréfié. J'ai ouvert la trappe, je suis sortie comme j'ai pu. J'étais éblouie par l'éclat du jour, je ne voyais rien, mes membres étaient endoloris, raides. Je me suis traînée vers la sortie sans penser qu'on pouvait me repérer. Quand j'ai pu ouvrir les yeux à nouveau, j'ai tout de suite constaté que ma vue avait baissé. Mais je voyais encore, c'est tout ce qui comptait. Je voyais et j'entendais et je sentais. La campagne devant moi s'était transformée en une vaste étendue désertique et brûlée et grise, uniforme. Il y avait une lumière vive tout au fond de l'horizon, c'est vers elle que j'ai décidé de me diriger.

Certains neuroscientifiques expliquent les expériences de mort imminente par les bouleversements qui surviennent dans le cerveau au moment du décès. Une étude publiée par des chercheurs de l'université du Michigan a ainsi montré que, chez les rats, une oxygénation exceptionnelle du cerveau suit l'arrêt cardiaque. Pendant une très courte période, trente secondes environ, le cœur est arrêté mais le cerveau fonctionne encore et intensifie dans des proportions surprenantes et excessives ses interactions neuronales. En appliquant les résultats de cette étude à l'encéphale humain, on devrait pouvoir expliquer la constitution d'images mentales récurrentes, tunnel et lumière blanche. Reste à comprendre la raison pour laquelle ces visions subissent diverses variations. Elles ne sont pas toutes identiques et interchangeables. Certains patients, au lieu de marcher dans un tunnel, sont accroupis et se tiennent immobiles dans un trou à l'intérieur duquel ils ont la sensation de tomber inexorablement. D'autres, au lieu d'être seuls, sont accompagnés par une ou plusieurs silhouettes qui leur soufflent quelques mots à l'oreille. Ces variations résultent sans doute des traces individuelles que la vie antérieure du patient a pu laisser dans les différentes zones de son cerveau. Elles peuvent également être liées aux récits qu'ils ont entendus ou lus sur les EMI avant d'en être victimes, récits qui, à force d'être transmis, répétés, transformés et interprétés, ont fini par s'insinuer dans leur esprit, modelant par avance certains épisodes à venir de leur existence.

Le vingtième jour, j'ai calculé que ça devait être ça, le vingtième jour, j'ai préparé mon départ. Toute la journée j'ai fait de l'exercice, cherché des vivres, réuni quelques vêtements, préparé un tas avec les objets de première nécessité. J'avais la journée pour choisir ce que j'emporterais, ce que je laisserais derrière moi. J'ai eu beaucoup de mal à choisir. Ça m'a obligée à imaginer le futur, envisager une suite. Cette suite ressemblait à une éternelle fuite en avant, à une succession de journées où se cacher, éviter les mauvaises rencontres, se cacher encore, pour aller où, pour faire quoi, pour devenir qui?

Ça n'avait aucun sens de partir. Aucun sens non plus de rester. Mais quitte à mourir, je préférais encore mourir en marchant, sur la route.

À la fin du vingtième jour et avant la tombée de la nuit, j'ai brûlé tout ce que je ne prendrais pas avec moi et quand il a fait noir j'ai dispersé les cendres et enterré ce qui n'avait pas brûlé. Je suis retournée à ma cachette pour ma dernière nuit ici, vingt jours après l'avoir abandonnée sur le chemin. Je n'ai pas réussi à m'endormir. J'ai passé en revue tout ce qui était arrivé. J'ai même essayé de me représenter l'état de son corps, son cou, sa nuque, ses bras, son souffle. Et j'ai compris qu'il fallait abandonner ça aussi, si je voulais me donner les moyens et le désir de survivre.

Le vingt et unième jour, à quelques kilomètres des dernières habitations, j'ai trouvé un ancien sentier, j'ai hésité à le prendre, j'ai scruté le sol à la recherche d'empreintes mais, comme je n'ai vu ni traces ni indices, j'ai décidé de quitter la voie ferrée et de le suivre. Je me suis dit que j'allais me perdre dans le paysage, cela m'a fait rire de le penser et de le dire, Je me perds dans le paysage. Le sentier longeait une vallée de plus en plus étroite et encaissée, j'ai entendu ma voix résonner sur les falaises en face, j'ai sursauté puis je me suis habituée aux échos, ils m'ont tenu compagnie pendant quelques heures, j'ai retrouvé de l'allant, j'ai eu presque du plaisir à marcher, j'ai éprouvé un sentiment de liberté, j'ai essayé pour mettre fin à ce plaisir et à cette liberté de faire revenir mon passé, il est revenu, la tristesse a surgi d'un coup, j'ai été rassurée.

Plongés dans des comas profonds, les patients deviennent difficiles à atteindre. Il est très malaisé de savoir exactement ce qu'ils éprouvent. Il n'est pas impossible qu'ils sentent le froid et le chaud, ou que leur langue asséchée et comprimée par le passage de tubes de toutes sortes soit douloureuse. Tony R. raconte que, pendant cette longue période où il n'était pas là, il rêvait qu'il devait gravir une très haute montagne pour rejoindre une source. Le long de la pente abrupte, il trouvait un peu d'eau, il buvait, c'était une sensation à la fois délicieuse et frustrante car sa soif restait inextinguible. Chaque fois que ses lèvres goûtaient la substance précieuse, il pensait au plaisir de boire, il était content de vivre, l'eau coulait directement dans son gosier. Dans son rêve il trouvait cette sensation extrêmement agréable. Mais l'expérience s'interrompait trop vite, il devait se rendre à une autre source, boire à nouveau, à nouveau repartir, il n'avait jamais assez d'eau. Alors il marchait de source en source, en gravissant la montagne. À la fin, il arrivait au sommet et constatait que le manque était reconduit, l'eau continuait à être trop rare. C'était insupportable et pourtant il fallait bien le supporter. Tony R. rêvait qu'il buvait ou qu'il allait boire ou qu'il avait envie de boire ou qu'il n'avait pas assez à boire. Finalement, ce qu'il nommait rêve n'était autre chose que la réalité. Tony R., dans sa situation d'homme couché et inconscient, avait tout simplement soif.

À partir du vingt-troisième jour, je me suis rendu compte qu'il y avait du monde sur le plateau. Des groupes. Fuyards, patrouilles, hordes, meutes, impossible de savoir. Je sentais leur présence là-haut, au-dessus de ma tête. J'ai décidé de continuer dans la même direction par la vallée. J'ai marché dans les gorges, entre les éboulis, la nuit je me suis cachée dans les grottes. Pendant plusieurs jours, je n'ai pas fait de feu. Je passe tout mon temps à chercher un abri, de quoi boire, manger, dormir. Tout le reste est en train de disparaître, j'essaye de le retenir, de parler encore, les mots, les noms s'obscurcissent et s'indifférencient, je dois faire un effort pour les faire revenir.

Le vingt-sixième jour, que s'est-il passé le vingt-sixième jour ?

Le vingt-septième jour, je me suis souvenue de ma ville et aussi de mon départ et aussi de ma compagne fatiguée et aussi

Au moment critique du passage de vie à trépas, les patients ayant vécu une EMI disent être sortis de leur corps, l'avoir appréhendé de l'extérieur comme s'ils étaient placés au-dessus de lui. Ils se sont vus allongés sur des lits médicalisés, les yeux fermés, apparemment endormis. Certains d'entre eux ont même pu observer le chirurgien tenant ses instruments en main, au moment où il pratiquait une incision sur leurs organes, ils ont reconnu leur propre corps partiellement découpé sans éprouver la moindre souffrance ou le moindre regret. Placés à distance d'eux-mêmes, ils se sont dégagés de leur enveloppe charnelle sans perdre conscience. Certains psychologues font l'hypothèse que cette décorporation est une réaction au danger de mort. Le moi se scinderait en deux entités distinctes, l'une qui maintiendrait la personne en alerte, l'autre qui la rendrait étrangère à elle-même. Observer son corps de l'extérieur, le regarder comme s'il appartenait à un autre et cela sans émotion particulière correspondrait ainsi à l'un des mécanismes par lesquels la psyché humaine se protège mentalement et physiquement d'événements trop douloureux pour elle.

Le trentième jour, la vallée s'est resserrée encore, l'avancée devenait de plus en plus difficile. J'ai eu envie de remonter sur le plateau pour qu'ils me prennent. J'aurais voulu que mon corps me laisse indifférente, j'aurais voulu l'ignorer et m'affranchir de lui. J'ai aussi pensé à me tuer. Mais ce n'est pas si simple de mourir. J'avais de quoi m'ouvrir les veines. Je ne me suis pas ouvert les veines. J'ai continué.

Le trente-deuxième jour, les images anciennes ont recommencé à tourbillonner. J'ai essayé de les chasser mais elles ne m'ont pas laissée tranquille. Je reste au fond de la vallée, je ne monte pas sur le plateau. Je retarde et retarde encore l'échéance, j'ai l'espoir que mes souvenirs me protégeront de l'avenir, je les rumine, je les répète, je leur donne toute l'ampleur dont ils ont besoin pour m'occuper, ils me possèdent.

Il est possible d'expliquer les sensations de décorporation éprouvées lors des EMI par des processus neurobiologiques qui, d'une certaine manière, confortent, valident et complètent les thèses proposées par les psychologues. Dès que surviennent des dérèglements chimiques (privation d'oxygène, présence excessive d'endorphine, de dopamine ou de sérotonine), le cerveau, pour se défendre, réagit en déclenchant des mécanismes d'inhibition destinés à enrayer les phénomènes qui ont commencé à se produire. Mais, s'il parvient ainsi à se maintenir et à se conserver, son action inhibitrice produit divers effets secondaires. Les hallucinations et expériences autoscopiques (sortie hors de soi) sont des dysfonctionnements du lobe temporal droit qu'il accepte en échange de son maintien et de sa survie. Pour réussir à se conserver, le cerveau doit consentir, par un système complexe de compensations et d'équilibres, à certains sacrifices.

Je n'arrive plus à compter les jours, trente-troisième jour sans doute, trente-troisième jour, je vais devoir monter sur le plateau, là-haut ils m'attendent, là-haut ils me tueront, je n'aurai pas la force de courir, ni de crier, ni de tuer alors qu'ici je peux reconstruire une dernière fois tout ce par quoi je suis passée avant de finir. Je l'ai abandonnée sur la route. Elle ne m'a rien dit, elle n'a pas protesté, elle n'a pas fait le moindre signe. Ça me revient, trente-troisième jour, je vois la peur dans ses yeux. Trente-troisième jour, je me souviens de la peur dans ses yeux. Trente-quatrième jour, sa peur se transforme en effroi, elle ne parle pas mais ses yeux parlent à la place de sa bouche. Trente-cinquième jour, je n'arrive pas, même en pensée, à lui fermer les paupières. Trente-cinquième jour, elle a peur, moi aussi. J'ai peur de mourir en gardant l'image de son regard braqué sur moi. Trente-sixième jour, je veux rayer cette image, elle persiste. Trente-sixième jour, je ne veux pas mourir les yeux ouverts.

La mort clinique, moment d'inconscience pendant lequel l'apport du sang au cerveau est insuffisant, est propice aux expériences de mort imminente. On mesure la profondeur et la qualité de ces expériences grâce à des indices et échelles, tous fondés sur le récit rétrospectif des patients qui évaluent eux-mêmes l'intensité de leurs visions. Lorsque ces patients sont entrés dans une région sombre, se sont sentis apaisés, ont été séparés de leur corps, ont entendu des voix, ont vu leur propre vie se dérouler en accéléré, ont été enveloppés de lumière, y sont entrés, et enfin ont rencontré des esprits, ils obtiennent des scores très élevés. On peut estimer alors que leur mort a été particulièrement intense. Si on interrogeait des rêveurs et dormeurs invétérés, il n'est pas exclu que les rencontres qu'ils font la nuit avec certains de leurs proches décédés leur permettraient d'obtenir, eux aussi, de très bons scores.

Trente-septième jour, je ne suis pas montée sur le plateau. La vallée est devenue trop étroite, impossible de continuer. Au-dessus, la contrée est sillonnée de hordes. Je suis prisonnière. Je retarde et retarde encore l'échéance, je reste recroquevillée au même endroit en espérant que l'intensité de ma perte sera suffisante pour chasser tous les ennemis qui, là-haut, m'attendent, j'utilise mes souvenirs pour me protéger de la suite, je les rumine, je les répète, je leur donne toute l'ampleur dont ils ont besoin pour me divertir. J'arrive à mes fins. Mon passé m'obsède.

Si on en croit les cas avérés de EMI, qui restent toutefois très minoritaires et concernent moins de 6 % des patients en état de réanimation cardio-pulmonaire, les morts attendent de l'autre côté. Dès qu'on marche dans le tunnel, il est possible de les apercevoir, de les frôler et parfois même de leur parler. Les témoignages montrent que l'agrément procuré par de telles retrouvailles est tempéré par des réactions de rejet, des sensations d'angoisse et de perte. Bien qu'ils n'aient pas une claire conscience du sacrifice qu'ils doivent consentir pour rejoindre ceux qu'ils ont autrefois aimés, on peut supposer que certains patients, découvrant que leur mort risque de les confronter en permanence à la présence de leurs défunts proches, éprouvent brusquement une irrésistible envie de se réveiller.

Trente-huitième jour, j'ai le sentiment d'être arrivée au bout, à la fin, je suis arrivée à la fin, je m'assois à l'entrée de mon trou, je fais un feu, je le regarde crépiter sans rien penser. Les flammes attirent les bêtes. Elles s'approchent. Dans les ténèbres, leurs yeux brillent. Je ne sais pas d'où elles ont surgi mais elles sont là. La flamme s'élève à la verticale, je sais que je n'ai pas assez de bois pour tenir toute la nuit, les bêtes sont nombreuses, elles sont de plus en plus nombreuses, je leur parle, j'essaye de faire mien le minuscule foyer qui m'entoure. Je leur dis comment je m'appelle, je me rends compte que mon nom vient de très loin, je leur dis d'où je viens, je me rends compte que je viens de très loin, je leur dis que j'ai quitté ma ville, mon groupe, ma compagne, je dis J'ai laissé ma compagne, je n'aurais pas dû la laisser. Leurs yeux rient, leurs gueules s'ouvrent dans la nuit. Je dis Maintenant je vais mourir sans elle. Leurs yeux brillent intensément, quelque chose de cruel et de délicat qui me fait mal. Je les vois sourire. Je ne savais pas que les bêtes pouvaient sourire ainsi, c'est effrayant. Je dis Je n'ai plus peur de mourir, plus maintenant. Tenez-vous à distance je dis. Et pendant que la nuit passe, je continue à mentir.

Viviane R. rêve qu'elle ne devrait pas dormir. Que le sommeil est une maladie à combattre à tout prix, le symptôme de sa fin. Elle scrute ses proches pour qu'ils ne succombent pas, elle se tient à leurs côtés et elle leur parle pour résister avec eux au plaisir irrépressible de fermer les yeux. Elle a entendu dire que dormir efface les données. Que certains au réveil ont perdu tout souvenir de leur vie antérieure. Elle lutte contre le sommeil. Ses résistances faiblissent. Elle découvre que sa compagne est sur le point de s'endormir. Elle lui demande de s'installer confortablement dans leur chambre, en espérant qu'au réveil le décor fonctionnera comme une réminiscence. Elle dispose autour d'elle des signes de son existence, des photographies, des phrases prélevées dans l'ensemble des échanges qui marquent leur complicité. Elle veille à ses côtés, des nuits et des jours, pour éviter le pire. Mais il est impossible de résister à l'envie de dormir. Tout le monde s'endort, tout le monde rêve, tout le monde oublie.

Trente-neuvième jour, les bêtes ont disparu, je suis encore vivante, du moins c'est ce que je crois. J'ai observé le ciel et la bordure de la falaise, j'ai décidé d'attendre encore une journée avant de quitter la vallée profonde.

Quarantième jour, je vais monter sur le plateau, je vais attendre la nuit, je vais me barbouiller de terre sèche, ça chassera mon odeur, quarantième jour, je pars, je profite du vent d'est, je me badigeonne de boue, j'avance à quatre pattes et quand je suis à découvert je cours régulièrement, pas trop vite pour pouvoir durer longtemps. Longtemps je dure. Parfois je m'arrête derrière des rochers, d'énormes masses de grès au milieu du paysage, je reprends souffle, je repars. La nuit est noire. La présence des hordes palpable. Au loin, je les entends. Il y a des hurlements. L'herbe est rase. Le vent sec et froid. Elles se rapprochent. Cette fois, je les vois. Je cours plus vite. Je suis essoufflée. Le cercle se resserre. Elles sont plus proches. À l'horizon, sur ma gauche, des sentinelles veillent. Elles sont disposées en phalange, compactes, indistinctes, serrées comme des piquets de guerre. Je ne pourrai pas traverser. L'une d'elles se détache. Elle trotte vers moi gueule ouverte. Ses yeux me fixent. Les autres aussi sont là, à distance, réparties sur le plateau, en ordre. Je commence à sentir leur odeur, presque leur souffle. Identifier et accéder au chef pourrait m'éviter d'être piétinée par le groupe. Je lui proposerais mes services. Ou le tuerais. Je lui sauterais sur l'échine et je lui planterais un couteau. Encore faut-il que dans la masse je puisse le reconnaître. En règle générale le chef se tient à l'arrière, il observe. On lui rapporte les agissements des éventuels ennemis, les mouvements de troupe. Il encourage, il ordonne, la meute frémissante le cache.

Le cercle est plus étroit, toujours plus étroit. Si seulement je pouvais mourir maintenant, avant qu'ils ne me touchent, si je pouvais m'enfoncer dans la terre, ce serait une délivrance.

Allongée pendant plusieurs heures, plusieurs semaines, plusieurs mois dans un état de sommeil profond, Elsa V. n'a pas entièrement perdu conscience de son environnement. La vie devient une aventure intermittente, lente, douce, furtive, des corps la frôlent, la touchent, la retournent, la lavent, la piquent, entrent, elle ne peut pas distinguer le rêve de la réalité, de toute façon cette distinction n'a plus aucun sens, elle n'arrive pas à passer d'un objet à un autre, d'un temps à un autre, d'un lieu à un autre comme elle le faisait avant par la pensée, de toute façon ces passages n'ont plus aucun sens, les parcours mentaux, réels, les analogies, les mises en relation, les liens, les réseaux, tout ce qui au monde la rattache s'est défait mais cela ne compte pas, cela n'a aucune importance, elle est légère, détachée, souple, évanescente et cotonneuse, instable et fantomatique, insaisissable.

Ils vont me prendre, ils vont m'emprisonner, ils vont me secouer, me frapper, me torturer ou me garder, je n'ai plus le courage de me battre, de fuir, d'insister, je suis si fatiguée, je renonce, je vais renoncer, je crois que je vais renoncer, je vais quitter mon corps, je vais me détacher, je continuerai à compter dans ma tête les jours qui d'elle me séparent jusqu'à ce que le battement des chiffres inlassablement répétés finisse par engloutir tout le reste.

La sentinelle est à quelques mètres, je ne me suis pas évanouie, pas enfoncée dans la terre, j'essaye une autre méthode. Je perds mes contours, je m'estompe, je profite de la nuit brumeuse et sans lune, je me dissous, je m'amollis, je m'ouvre et me répands, je deviens spectrale, je suis une enveloppe vide, je souris à la sentinelle, j'accueille la sentinelle, la sentinelle est un peu surprise, elle se tourne vers les autres, comment s'y prendre avec des êtres aussi insaisissables et accueillants que moi, j'en profite pour m'introduire en elle à moins que ce ne soit elle qui s'introduise, je ne sais pas, j'emprunte momentanément son corps, le corps de la sentinelle est dégoûtant, je sortirai plus tard, je reste lovée à l'intérieur, la sentinelle a des gestes brusques, elle tente de se débarrasser de moi, de m'arracher à elle, je la parasite, je la remplis, je la dévore, je lui lègue mes pensées et m'en débarrasse, je me délivre de ma culpabilité, de ma compagne abandonnée sur la route, de ma propre lâcheté, de ma fuite, de mes doutes, c'est extrêmement réconfortant de ne plus se ressembler, extrêmement reposant et agréable de se mélanger aux hordes comme si de rien n'était. Je deviens nocturne et méchante.

Les choses se poursuivent en mon absence. Je cesse de me demander ce que je fais là, pourquoi. Je cesse de comprendre. Je cesse de me projeter. Je me tiens retranchée dans la sentinelle. Parfois elle se débat, je crois que je lui fais mal. Je l'use. Je la grignote. Je la suce lentement. Je la diminue. Les autres se sont mises à l'écart, elles la considèrent comme une malade, une pestiférée. La sentinelle est à moi. Je suis la sentinelle. Je ne sais pas combien de temps une telle symbiose pourra durer, à quel moment je devrai émerger pour me faire à nouveau connaître. Les semaines s'accumulent et s'entassent, c'est ma manière de m'abriter, de m'endurcir, de me protéger. Je me protège des hordes, des sentinelles, des bêtes et de moi-même. Je ne reviendrai pas en arrière. Je ne referai pas le chemin pour la retrouver. Je ne prendrai pas le risque de mourir avec elle. Je ne regretterai plus de l'avoir laissée. Je n'aurai plus en tête ses yeux ouverts avec l'épouvante tout au fond comme un reproche et un appel. Quand je sortirai, des kilomètres auront été franchis. Je serai dans un autre pays. Avec d'autres visages, d'autres langues, d'autres gueules ouvertes, d'autres corps familiers. L'inconnu, c'est du moins ce que j'espère, me libérera définitivement de mon passé.

Ici s'achèvent le registre des jours et leur décompte. Ici se terminent ou plutôt s'interrompent le voyage et la fuite seule dans une vallée reculée. Je relis ce texte, je le scrute, je le cherche, je le reprends sans cesse, je le triture, je l'abîme, je le rature et il revient. Il est revenu tant de fois que j'ai décidé de ne pas y renoncer. Il a insisté tant de fois que j'ai décidé de le garder, de lui faire confiance, de lui donner sa chance. Il fait partie de ces choses indistinctes, scories, dépôts, traces, qu'on ne peut effacer. Il fait partie de ces choses qu'on ne peut abandonner. Il est l'une des expressions possibles de ce qui me hante.

2.

Dans la maison

Ils vont entrer dans la maison. À un moment ou à un autre, c'est ce qu'ils feront. Ils viendront. Ils pousseront la grille, ils ouvriront la porte, ils entreront. Je les attends. Je garde les lieux. Je surveille les alentours. J'écoute les rumeurs. Je veille. C'est le rôle des guetteurs d'observer, d'interpréter et d'imaginer ce qui pourrait advenir. J'assume cette tâche que personne ne m'a demandé d'assumer. Il faut bien que quelqu'un voie, entende, repère, suppose, décrypte et se prépare. À ma manière lente, je m'habitue à la solitude de ceux qui préviennent et alertent, quand les autres, trop absorbés par leurs occupations et leur travail, négligent l'essentiel.

Les maisons ont besoin d'être surveillées. Il faut prévenir les incursions étrangères, maintenir les lieux et les propriétés en l'état. Je m'assigne ce rôle pour préparer leur retour. Je circule dans la maison. Je vérifie que tout est à sa place. Je m'assure que le poste de télévision n'a pas été allumé pendant leur absence. Je passe mes doigts sur l'écran légèrement bombé qui se défend en m'envoyant des décharges d'électricité statique. J'efface les creux laissés par les corps qui se sont allongés dans le canapé, je tire sur les tissus, lisse les couvre-lits, redonne forme aux oreillers et aux coussins. Ils vont entrer et tout sera identique. Ils seront soulagés de retrouver leur logement tel quel, inentamé, indifférent, serein, silencieux. Comme si rien n'était arrivé.

Jacqueline S. est morte un jour, elle ne sait plus exactement lequel, c'était au printemps de 1976, elle avait tout juste trente ans. Ce jour-là, alors qu'elle revenait d'une longue promenade à cheval et qu'elle s'apprêtait à mettre pied à terre, la bête a brusquement rué, le corps de Jacqueline a basculé et s'est affaissé sur le sol. Elle est restée dans le coma plusieurs semaines et, à un moment donné, moment dont elle dit se souvenir parfaitement, les médecins l'ont déclarée morte. Arrêt cardiaque, ont-ils annoncé en sa présence avant de recouvrir le corps d'un linceul blanc comme on le fait habituellement pour distinguer les morts des vivants.

Mon travail consiste à prévenir ou réparer les désordres matériels qui sont parfois les signes avant-coureurs d'une catastrophe imminente. Minuscules déplacements, taches équivoques, fuites, coupures de courant, fissures, rien ne doit échapper à ma vigilance. Bien que les pièces aient l'air tranquilles, je sais que cette apparence est trompeuse parce que j'ai une connaissance intime de cette maison. Ma maison. Celle où je suis née, où j'ai grandi et dans laquelle aujourd'hui je tiens un rôle que personne ne m'a demandé de tenir.

Je remarque que le carrelage du salon a été maculé par des taches de boue. Je dois faire disparaître ces taches. Maintenir la maison en l'état est une activité qui ne laisse aucun repos. À tout instant, des poussières entrent, des hommes ou des animaux passent, des moteurs s'enrayent, des peintures s'humidifient et s'écaillent. Il est très difficile de soustraire la maison aux événements du monde, de supprimer tout contact avec l'extérieur, contacts qui, tout en entamant à chaque instant l'intégrité des lieux, restent indispensables. Sans eux, impossible de rester en vie.

Jacqueline S., emmenée d'urgence en réanimation, est opérée à plusieurs reprises du foie, du cœur, des poumons. Le sang se répand dans ses organes, l'hémorragie se généralise, il est trop tard. Contre l'avis de ses confrères, le médecin qui la soigne s'acharne, il est obligé de partir vers un autre hôpital pour récupérer du plasma en douce, il tente l'opération de la dernière chance.

Je pensais que les traces que j'ai découvertes venaient de l'extérieur. Alors j'ai ouvert la porte-fenêtre et j'ai avancé lentement vers la lisière.

Mais je n'ai rien trouvé. Ni empreintes de pas ni herbe foulée. Soit ceux qui sont venus sont extrêmement légers, soit ils ont pénétré dans la maison par une autre porte, soit encore... Je ne peux me résoudre à cette dernière hypothèse. La boue vient forcément du dehors. Je ne laisserai pas le dehors envahir l'intérieur de la maison.

En attendant de déterminer l'origine du désordre, je nettoie le carrelage à grande eau. C'est une opération qui n'exige aucune habileté particulière, juste de la méthode. À la fin, je dois pouvoir quitter la pièce sans remettre les pieds sur les zones fraîchement frottées. Je ne veux pas que l'empreinte de mes pas remplace celles que je suis en train d'éliminer. Je débute par les bords extérieurs et finis par l'entrée, là où le salon rejoint le couloir et les autres pièces. Avant de partir, je contemple mon œuvre. Le sol brillant resplendit de sorte que je peux apercevoir ma silhouette écrasée par la perspective dans les carreaux de terre cuite.

Je me demande si le sol sera sec quand ils rentreront. En attendant, l'espace dont je dispose s'est considérablement réduit. Confinée dans les pièces situées à l'arrière de la maison, je n'ai plus la possibilité de rejoindre la véranda qui donne sur le jardin et à travers laquelle j'ai l'habitude d'observer les mouvements des individus ou des groupes sillonnant le paysage à une distance que je sais, à force de pratique, calculer à l'œil nu. Désormais, je ne peux plus guetter.

Après de longs mois de rééducation, Jacqueline S. découvre des appréhensions nouvelles, indépassables : impossible de remonter à cheval, de faire du vélo ou de la danse, de conduire une voiture. Elle est obligée d'adapter son corps à de nouveaux usages. Elle apprend à ne pas regretter une vie que sa chute a définitivement modifiée. La voici qui commence à photographier des chantiers, des lieux détruits, des espaces clos et déserts, des portes ou fenêtres donnant sur du vide, des cérémonies mortuaires, des chambres précaires et, pour finir, le mouvement invisible des vents.

Prisonnière des pièces situées au nord, je ne peux plus voir le jardin et les alentours, épier les présences furtives prêtes à s'immiscer dans les murs. Je suis obligée de me concentrer sur les bruits, souffles, respirations, de me guider aux odeurs. Mais mon oreille et mon odorat sont moins vifs que mon œil, moins aguerris, ils sont sujets aux erreurs de jugement. Je peux être trompée par des bruissements de feuilles, des coups de vent, des craquements, des plaintes issues des planchers et poutres. Je ne suis pas capable de distinguer l'odeur de l'humus décomposé de celle d'une charogne, mon nez n'a pas été formé pour ces sortes d'impression. Mes imperfections me rendent nerveuse. Je n'ai plus la même assurance qu'avant.

Pendant les longues minutes qui précèdent sa prise en charge, Jacqueline S. est envahie par une douleur qui ne ressemble à rien de connu. L'inconnu de la douleur est terrible parce qu'on ne peut établir aucun lien ni se familiariser avec elle, on bascule dans un monde différent, suspendu, dont l'irréalité est si puissante que pendant des semaines Jacqueline S. est comme séparée d'elle-même.

Ils vont bientôt revenir. Ils pousseront la grille d'entrée, ils entreront dans la maison. Je ne leur dirai pas que je suis moins alerte, moins sûre, que mes qualités de veilleur s'épuisent. Je leur cacherai mes faiblesses. Ils seront rassurés d'être chez eux, d'être avec moi. Ils ne devineront pas que je leur ai épargné le pire, la transformation de leur foyer, sa métamorphose. Ils ne sauront pas que, comme dans certains films d'épouvante, ils auraient pu faire irruption dans une maison méconnaissable et différente. Ils penseront seulement que la maison et moi les avons attendus sans bouger et que cette immobilité est suffisante pour les préserver de tout bouleversement.

Je ne les détromperai pas. Je ne chercherai pas à leur parler des bruits, des taches de boue et du reste. Ils me diront la mauvaise nouvelle, celle qu'ils sont allés chercher dehors et que j'attends. Ils seront abattus. Je les laisserai se livrer à leur chagrin sans un mot. Ils trouveront ici, dans leur maison qui est aussi la mienne, de quoi se reposer, de quoi laisser leur peine s'épanouir sans qu'elle envahisse jusqu'à leur mobilier, leurs armoires et leurs lavabos. Les choses autour d'eux les conforteront dans leur existence, dans la continuité du temps qui jamais ne se brise. Ils seront chez eux et chez moi, chez nous, dans notre espace commun et intérieur.

C'est ainsi en tout cas que j'imagine la suite, que je me la raconte pour repousser l'anxiété. Mais je me doute bien que la maison, même bien tenue et parfaitement identique, ne sera pas suffisante pour vaincre leur tristesse et la mienne. Après le coup de fil qu'ils ont reçu, ils se sont habillés, ils m'ont embrassée, ils m'ont dit que tout irait bien, qu'ils ne s'absenteraient pas longtemps, ils sont partis. Je n'ai pas eu le temps de protester. Je ne comprends pas pourquoi ils ne m'ont pas emmenée. Cela aurait été plus simple et plus facile d'être tous les trois ensemble pour supporter la nouvelle qu'on leur a annoncée là-bas, hors de chez nous. J'aurais pu voir avec eux ce qu'il y avait à voir même s'ils prétendent que je suis trop jeune pour voir les morts. Nous aurions pu partager en trois notre chagrin.

Je suppose que, s'ils ont préféré que je reste là, il y a une raison. Je dois surveiller la maison, cesser de me poser des questions inutiles. J'ai de plus en plus de mal à assumer cette tâche.

Je ne peux plus accéder au salon qui me servait de tour de guet. Si j'ai bien effacé les taches de boue qui maculaient le sol, je ne sais toujours pas d'où elles proviennent. Comment vais-je m'assurer que des intrus n'ont pas pénétré dans les lieux, comment vais-je maintenir en l'état l'espace dont j'ai la garde, je n'en ai pas la moindre idée. Je crains d'être surprise et paralysée par une chose qui arriverait à l'improviste.

Dans le couloir qui part de la salle à manger et dessert les pièces situées à l'arrière, j'inspecte la bibliothèque pour m'assurer que tous les livres sont disposés selon l'ordre habituel. Le couloir est sombre. Je ne trouve plus l'interrupteur de la lampe habituellement à ma portée. Je tâtonne jusqu'à sentir sous mes doigts le fil électrique que mes mains suivent jusqu'au petit renflement spécifique grâce auquel je vais allumer. Sur le mur opposé, des ombres se dessinent, je m'assure qu'elles correspondent exactement à la découpe des objets présents. Il y a aussi ma silhouette. Je mets un petit moment à la reconnaître.

Jacqueline S. reste sous morphine pendant des semaines, elle est en veille mais personne ne le sait, elle se concentre sur son passé de pianiste, elle pense à cette partition de musique qu'elle doit jouer, il faut absolument qu'elle trouve une manière d'interpréter le morceau qu'elle a en tête mais la partition se brouille, les notes résistent et s'éloignent, elle fait un effort pour s'en approcher encore, une fatigue extrême la prend, son attention à la musique faiblit. À la place, des monstres et des têtes sortent du mur, ricanent, l'attrapent, sourient, des ombres déplaisantes s'assoient à son chevet, comment leur dire de partir, tout son environnement devient menaçant, des cauchemars l'investissent, cauchemars chimiques d'autant plus effrayants qu'ils sont le résultat d'une injection non consentie, non connue, un cocktail explosif qui fait affleurer et jaillir des organismes dont son corps avant n'avait aucune idée et qu'il découvre avec terreur.

Ils auraient dû m'emmener. Pourquoi ne sont-ils pas encore là ? Les attendre seule ici me fait imaginer le pire. Il serait préférable que j'achève mon inspection avant la nuit. Dès que l'épaisseur du noir se répand dans les pièces, je suis traversée par des images et impressions qui n'ont que peu de relation avec le réel. La nuit me dépouille de mes dernières facultés alors que c'est durant les heures sombres que les intrusions sont les plus fréquentes. Je préférerais donc vérifier que je suis bien la seule habitante de la maison avant la tombée du jour.

Le couloir est presque identique à lui-même, si ce n'est l'abat-jour de la lampe qui, au lieu d'être droit, penche légèrement vers le sol. C'est un accident minime. Les choses parfois bougent et tombent du fait de la gravité, je suis obligée de l'admettre. Derrière mon dos, la pièce principale est silencieuse, lourde, elle pèse sur mes épaules, sur ma nuque, j'essaye de ne pas penser à elle puisque je ne peux la rejoindre mais le mystère irrésolu des taches de boue continue à me préoccuper.

Avant de monter à l'étage, je dois encore inspecter deux pièces et une minuscule salle d'eau. Sans compter ce vaste retrait, sous l'escalier, où ils ont accumulé de vieux vêtements, des photographies, des outils, de la vaisselle dépareillée et beaucoup d'autres objets qui les encombrent. C'est l'un des endroits où je n'aime pas entrer. À quoi bon entasser de pauvres choses orphelines et muettes ? Et pourquoi certaines pièces restent-elles inusitées, froides, solitaires, points aveugles et permanents qui mettent en péril le bel ordonnancement des architectures intérieures ?

Je n'ai malheureusement pas le temps d'approfondir ces questions, toujours les mêmes, qui occupent mes pensées lorsque je fais ma ronde. Dans la salle d'eau, le robinet coule et quelques grains d'une terre argileuse souillent l'émail du lavabo. Et comme un désordre en entraîne un autre, cette même terre encrasse les poils du tapis de bain qui devrait être parfaitement propre. J'ai déjà surmonté des découvertes de cette nature mais je me sens aujourd'hui affaiblie, je n'arrive plus à faire face. Je suis sur le point de perdre le contrôle. S'ils ne rentrent pas tout de suite, je vais succomber à la panique.

Ils auraient dû m'emmener. Ils ont reçu ce coup de fil, ils sont partis dans la nuit si vite, je n'ai pas eu le temps de protester. Cette pensée lancinante m'empêche de me concentrer sur le reste. Les gardiens sont comme n'importe qui, ils ne sont pas absolument sans faille. Ils ont leur limite, leur zone d'ombre, ils ne sont pas des guerriers invincibles, leur courage se fend parfois à l'occasion d'une infime déconvenue. Ils sont, comme le réel qui les entoure, imprévisibles, versatiles, variables, hasardeux.

Jacqueline S. se souvient de la tête du chirurgien, celui qui a couru d'hôpital en hôpital pour trouver, contre l'avis de ses confrères, un moyen de la sauver. Elle se souvient aussi de son air renfrogné le jour où il entre dans la chambre. Elle se souvient qu'il fait une tête épouvantable, elle lui en veut de faire cette tête-là, il n'a pas la tête rassurante que le médecin doit garder en toutes circonstances pour ne pas effrayer les malades, là non, là il ignore sa patiente, il la néglige, il ne la regarde même pas, il dit C'est fini, l'infirmière commence à débrancher les machines, Jacqueline S. ne peut rien répondre, elle ne se débat pas, elle ne se révolte pas, la vie clignote faiblement en elle, elle n'a pas la force de la rendre visible, elle se concentre pour lancer au moment opportun les derniers signes, ceux qu'il faudra donner pour échapper à la mise en bière, et en même temps elle est soulevée hors de son corps et voit en dessous d'elle sa dépouille déjà presque désertée.

Bien que je m'évertue à poursuivre ma tâche, quelque chose en moi a cédé. Avant, lorsque nous étions quatre, nous aurions pu nous répartir les tâches équitablement, eux seraient partis et nous serions restées. Nous aurions veillé à deux sur la maison. Nous aurions surveillé à deux la baie vitrée. Nous aurions imaginé à deux des hypothèses pour expliquer la présence d'empreintes sur le tapis. Nous nous serions réparti l'inspection des différentes pièces. Mais puisque la quatrième manque, tout se complique. Je dois agir seule et je suis fatiguée. Si ces poussières sont liées aux taches découvertes dans la pièce principale, cela signifie que quelqu'un est entré. Et comme toutes les portes et les fenêtres, sauf défaillance de ma part, ont été hermétiquement fermées avant leur départ, j'en conclus que ce quelqu'un était déjà dans la place. Dans la maison. Dans ma maison. Celle que je partage avec eux et que je dois à tout prix conserver en l'état afin qu'elle soit habitable. L'intrus est là. Il s'est lové dans un interstice, dans une fissure, un trou presque invisible, et ma négligence, les événements qui se sont produits et auxquels nous n'étions pas préparés ont fait le reste. Pourquoi ne m'ont-ils pas emmenée?

Jacqueline S. a le corps du réanimateur sur elle. Une poche d'air qui se remplit et se vide comme un gros ballon la surplombe. On appuie, on presse, on pousse, le visage du réanimateur est si proche d'elle qu'il pourrait l'embrasser si tous les tubes qui la maintiennent n'entravaient pas ses élans. Des voix lui parviennent, des vibrations, des ronronnements, des sifflements. Le réanimateur s'agite, il imprime sur la poitrine de Jacqueline un rythme qu'elle n'arrive pas à suivre, elle est pourtant assez bonne pianiste mais là ça va trop vite, il a pris de l'avance, elle s'essouffle, ils ne parviennent pas à jouer en cadence, Jacqueline s'évertue en vain, le réanimateur est trop rapide, elle doit le laisser partir.

Un frisson m'a parcourue quand j'ai écarté le rideau beige qui permet d'accéder au large creux ménagé sous l'escalier. Je n'aime pas cet endroit, son odeur de renfermé, la texture épaisse de l'air qui y stagne, les colonnes de cartons alignées depuis des lustres. Il fut un temps où j'aurais négligé de jeter un œil dans ce retrait qui, comme la pièce du fond à l'étage, me répugne. Mais ma dernière découverte change tout. Je ne peux laisser la maison se remplir d'hôtes indésirables qui ont peut-être pénétré dans les murs et ont commencé à coloniser certains recoins où je n'ai pas suffisamment fouillé. S'il y a quelqu'un dans la maison, je me doute qu'il s'est installé et a grandi en choisissant de préférence, par instinct, les pièces les moins utilisées, les pièces aveugles, les pièces inutiles et désertes, celles qui dégagent une énergie négative et rappellent, quand par malheur on est obligé de les parcourir ou seulement de penser à elles, que nous allons tous mourir.

J'essaye de ne pas avoir à l'esprit des idées noires quand je baisse la tête et entre dans le cagibi. Je braque ma lampe de poche sur le mur du fond. Rien à signaler. Odeur inchangée. Configuration inchangée. Remplissage inchangé. Des cartons sont alignés sous les marches. Avec mon mètre, celui que je garde toujours dans une de mes poches arrière, je mesure la longueur de la rangée. Longueur identique. Je n'ai pas envie de m'attarder plus longtemps, je voudrais qu'ils reviennent, qu'ils m'annoncent ce qu'ils ont à m'annoncer, qu'on en finisse. Mais l'un des cartons, celui du fond à droite, est éventré. Le plus discrètement possible, je m'approche et, d'une main tremblante, je tâte la brèche. Le carton a cédé sous le poids d'un autre situé au-dessus de lui. Il faut donc que j'inverse leurs places respectives. Celui du dessus est très lourd. Je l'ouvre fiévreusement. Des photographies, formats divers, couleur ou noir et blanc, s'en échappent. Des époques se succèdent et s'enchevêtrent. Ma lampe de poche découpe et met en lumière des corps en deux dimensions, plats, éloignés, figés devant l'objectif. J'oublie un instant les raisons pour lesquelles je suis venue dans ce cagibi, la menace qui pèse, la présence éventuelle d'un intrus, la nécessité de m'en débarrasser avant leur retour. Ils sont sur ces photos et moi aussi. Je suis avec eux. Nous sourions. Nous dînons. Nous fêtons. Nous marchons dans des villes étrangères. Nous nous protégeons du soleil. Nous nous baignons. Nous sommes ensemble. Nous sommes quatre, quatre silhouettes. C'est avant la période où la quatrième manque. Je ne me rappelle aucun des épisodes ou des aventures éphémères que la pellicule a conservés. Le monde étrange qui jaillit sous la lampe est si ancien qu'il en devient irréel. De tels moments n'ont pas existé, cela n'est pas possible. Les images peuvent être trompeuses ou fabriquées. Comme les souvenirs.

Les deux enfants de Jacqueline S. sont de l'autre côté de la vitre, elle les perçoit, elle sait qu'ils sont venus la voir. Le cadet en particulier est bouleversé par la mort provisoire de sa mère, il passe son temps à regarder le portrait d'elle qui trône sur le buffet et lui parle sans cesse. Allongée et inconsciente, elle sent quand ils sont là, elle se souvient de leur présence, de leur voix, du visage de son cadet collé à la vitre de séparation et faisant des signes de reconnaissance à sa mère, les yeux fermés ne l'empêchent pas de voir, d'entendre et de comprendre leur détresse. Jacqueline S. se débat contre la rationalité qu'on tente de lui imposer, son expérience de mort imminente la pousse à croire à des phénomènes inexplicables. Ni la neurologie ni les sciences cognitives ne résolvent le problème de sa présence réelle, tangible, sensible en des moments où pourtant tout le monde lui assure qu'elle était inconsciente et endormie.

D'habitude, je n'ouvre jamais les cartons et j'ai raison de ne pas le faire. Ça ne sert à rien de voir. Ça n'apporte aucune information. Mon passé est déjà flétri, éteint, effacé. Je suis séparée de lui, je m'en rends compte à travers ces images. Ce qu'elles montrent est devenu lointain. C'était avant que les faits ne s'abattent sur nous et ne distendent nos liens. Avant que la peur du dehors ne s'installe. Avant qu'ils ne quittent les lieux précipitamment, m'exposant, seule, à la cruauté du monde.

Dans les éclairs de lucidité qui traversent sa lente agonie, Jacqueline S. n'a aucune volonté. Le désir de vivre, l'espoir, l'angoisse ou la tristesse la quittent. Elle n'a pas peur non plus, peur de quoi d'abord. Pour avoir peur, il faut se représenter une suite, il faut imaginer ce qui peut arriver, il faut penser. On ne pense pas quand on est mort. Jacqueline S. est indifférente à tout, à son avenir, à ses proches, à son état, elle fait l'épreuve de la neutralité, elle reste immobile, tournée vers rien, dans la stricte inertie de son corps lourd et inutilisable. Elle se maintient dans un état végétatif à l'intérieur duquel rien de ce qui lui importait avant son accident n'occupe une quelconque place. C'est un état dont on sort modifié, bouleversé, autre. Après une expérience de cette sorte il est très difficile de ne pas changer radicalement parce que tout ce qu'on croyait indispensable a été balayé en un instant.

Pourquoi sont-ils partis sans moi ? Quand vont-ils revenir ? Que se passe-t-il ? Je voudrais me laisser envahir par la colère légitime de qui a été injustement délaissé. Je voudrais me révolter, arrêter le mouvement incessant de la pensée avec ses spéculations, ses suppositions, toutes opérations qui m'épuisent. En même temps, traquer l'intrus exige la mise en place rapide de stratégies, d'hypothèses, de ruses. Je procède par induction de l'effet à la cause, de l'indice à son origine, du symptôme au diagnostic. Cela m'empêche d'être focalisée sur la nouvelle qu'ils doivent me donner, la mauvaise nouvelle. Et sur les raisons de leur retard. Je vais continuer ma ronde.

On ne pense pas quand on est mort. On ne voit pas quand on est mort. On ne parle pas quand on est mort. On ne bouge pas quand on est mort. On n'ouvre pas les yeux quand on est mort. On ne gémit pas quand on est mort. On ne revient pas. Quand on est mort, on est mort. Il n'y a rien à en dire d'autre, on ne sait pas comment remplir avec des mots, des sensations et des actions cet état-là qu'il est donc absolument impossible de décrire. Je vais continuer ma ronde.

J'ai laissé le cagibi avec son carton éventré et les photos éparses, je n'ai pas remis de l'ordre dans les rayonnages et les rangées, j'ai quitté précipitamment la pièce. Je ne crois pas que l'intrus ait colonisé cette zone obscure et basse de plafond, je suis sûre qu'il est allé ailleurs, là où il peut s'étendre et s'épanouir sans rencontrer d'obstacles à son expansion. J'aurais dû scruter les éventuels indices de sa présence en pointant ma lampe dans les angles mais j'ai préféré quitter le coin au plus vite. Je vais continuer ma ronde.

Je monte à l'étage. Cette fois-ci le crépuscule a pris de l'ampleur, il s'est abattu sur la maison d'un coup. J'allume les plafonniers. Je ne suis pas dupe, j'ai commis des erreurs. J'ai quitté des pièces qui se referment derrière moi et m'interdisent tout retour en arrière. Avancer est devenu nécessaire, je n'ai plus le choix de mes parcours. La maison rétrécit à mesure que je la scrute. À la fin je crains d'en être la prisonnière.

Jacqueline S. est attachée sur son lit d'hôpital, des gens entrent et sortent, chuchotent ou conversent, commentent des symptômes, font des diagnostics, proposent des soins devant elle, certains lui parlent, lui apportent des fleurs, des images, des journaux, il fait nuit et il fait jour, les néons diffusent une lumière blanche, les machines grésillent, une jeune infirmière surveille l'état de Jacqueline, elle vient souvent, elle vient trop. Jacqueline a repéré sa présence et elle ne l'aime pas, la jeune infirmière est très affectueuse, elle caresse les bras de Jacqueline dans son sommeil mais Jacqueline ne dort pas, Jacqueline se débat pour dire qu'elle ne veut pas de ces caresses, le coma ne facilite pas l'expression de sa volonté, on ne peut échapper aux décisions du personnel médical quand on a les yeux fermés, quand on ne peut pas parler, quand on est paralysée.

En haut de l'escalier, j'aperçois, par la fente entre le plancher et la porte de l'une des chambres, une lumière. D'après mes calculs et mes observations, cette lumière proviendrait d'un abat-jour posé sur une des deux tables de nuit de la chambre parentale. Comme son nom l'indique, c'est la chambre où dorment les parents. On peut l'appeler aussi conjugale, la chambre conjugale. Mais conjugale est un mot intrigant, conjugale contient des mystères, conjugale distille des suppositions, c'est pourquoi je l'emploie le moins possible, même lorsque je suis seule. Au sein de la famille on doit supposer le moins possible, c'est un espace, un lieu, un cadre, qui fonctionne d'autant mieux qu'il reste clair, bordé de toutes parts par des mots, des gestes, des objectifs univoques. Prohiber les sous-entendus et les secrets dans l'espace de la famille permet à chacun de se détacher sur un fond uniforme, rassurant, plat.

Ils n'auraient pas dû me mentir. Ils n'auraient pas dû me dire que tout irait bien. Cela entame ma confiance en eux et diminue mes forces. Je dois éliminer les zones d'ombre et les doubles-fonds, je dois continuer à veiller. Je dois aplatir le monde. Dès que le relief s'abîme, on est moins exposé aux mauvaises surprises. Dans un monde en deux dimensions, il est rare qu'un être, un objet ou un événement imprévu surgissent.

Une jeune infirmière caresse les bras de Jacqueline dans son sommeil, elle glisse, ombre chinoise, le long des murs blancs et des rideaux translucides de la salle de réanimation, elle a sans doute un uniforme, une coiffe, une voix, elle est peut-être l'une des permanentes de l'équipe, à moins qu'elle ne s'introduise furtivement quand les autres s'absentent. Comment Jacqueline, les yeux fermés et inconsciente, peut-elle connaître l'âge approximatif de cette personne, comment sait-elle que c'est une femme, quels indices a-t-elle de son passage, d'où jaillit dans l'esprit de Jacqueline l'image de l'infirmière caressante, jeune, compatissante, aimante ? Elle vient, elle rôde, elle hante les environs du lit de Jacqueline, elle occupe l'espace réservé au corps de Jacqueline, elle est amoureuse de sa patiente endormie, elle le lui montre par signes, à sa préférée elle s'offre et offre un petit plaisir presque inoffensif, rare, dont elle ne peut imaginer que Jacqueline l'appréhende comme une souffrance et une punition.

Si un hôte a pris possession de la chambre conjugale, il a commis une grossière erreur en allumant la lampe. À moins qu'il ne cherche justement à se signaler pour une raison que j'ignore. D'habitude, les intrus se cachent, ils ont besoin de pénombre pour grandir en secret. C'est pourquoi les éliminer est indispensable.

Ils risquent sinon de faire exploser l'organisation limpide et transparente de la famille. Ils sont comme les pièces aveugles de la maison, celles qui pèsent au coin de l'œil et dans la tête. On ne sait quelle fonction leur assigner, leur histoire, engloutie, flotte sur l'ensemble des lieux comme une promesse inaboutie. C'est d'ailleurs par ces pièces-là, les muettes, les sans nom, les froides, celles où un berceau défoncé pourrit lentement et se balance secoué par les vents qui traversent les fenêtres évidées, c'est par ces pièces-là que pénètrent le plus souvent les étrangers.

Ils sont partis. Ils ont quitté la maison. Ils m'ont dit que tout irait bien. Ils n'auraient pas dû me mentir. Cela entame ma confiance en eux et diminue mes forces.

Pourquoi la lampe de chevet est-elle allumée ? Je m'approche sans bruit et, le cœur battant, je regarde par le trou de la serrure. Malheureusement il ne permet pas d'embrasser la totalité de la chambre. Moins efficace que l'œilleton d'une cellule, il se borne à révéler l'espace situé au centre. Sur cette zone, rien à signaler. Il faudrait que j'entre par effraction et que je perquisitionne la pièce. Au lieu de cela je m'écarte de la porte et m'en éloigne silencieusement. Je laisse l'idée d'un intrus installé dans la chambre parentale s'insinuer lentement en moi. Je renonce à vérifier son inexistence.

Après son départ de l'hôpital, Jacqueline S. n'a pas voulu revoir le chirurgien qui a sondé, fouillé, inspecté l'intérieur de son corps, qui connaît la couleur de son foie, le débit de son sang, la texture douce, flasque et légèrement humide de certains de ses organes. Cette intimité étrange et à sens unique la gêne, elle voudrait annuler la connaissance profonde que le chirurgien a d'elle, elle voudrait reprendre possession d'elle-même sans être constamment inquiétée par l'image inquisitrice de cet étranger qui plonge ses mains gantées dans ses tripes. Elle ne comprend pas comment on peut rester en contact avec celui qui sur vous a eu un tel pouvoir, qui a expérimenté votre entière dépendance, qui a supporté votre inertie, votre apathie, votre faiblesse absolue, qui a de vous une vision que personne d'autre, même l'amant le plus proche, ne peut avoir.

Quand ils rentreront, ils seront sans doute exténués. Ils auront envie que la maison se referme sur eux. Ils auront envie d'être protégés. Ils m'annonceront la mauvaise nouvelle. Ils souhaiteront que je souscrive à leur peine. Que j'y participe. Que j'y sois associée. Mais je ne vais pas pouvoir m'abandonner au chagrin, ni les consoler. Il se passe beaucoup trop de choses que je n'arrive pas à expliquer. L'éventuelle présence d'un intrus prend le dessus sur tout le reste. J'ai un travail à exécuter, qui ne supporte aucun délai. Si je laisse le temps passer, il est possible qu'il prospère, se multiplie, devienne plus fort et plus nombreux que nous. À quatre, nous aurions peut-être pu lui résister, mais nous ne sommes plus que trois maintenant. Le combat risque d'être inégal.

Pendant les dix années qui suivent sa mort, Jacqueline S. pense au chirurgien qui l'a sauvée et qu'elle n'a même pas remercié, la gratitude lui pèse, elle n'a pas la force de le revoir, elle se méfie de ces relations dissymétriques, inégales, la connaissance précise qu'il a de son corps ouvert offert vibrant et vulnérable lui est insupportable. Elle voudrait éprouver seule le corps nouveau qui est désormais le sien, un corps ankylosé et maladroit, dont les réactions lui sont en partie étrangères. Pendant dix ans, le temps de sa lente rééducation, elle rumine des remords inutiles, pense retourner incognito sur les lieux de sa résurrection, y renonce. On revoit plus volontiers son agresseur que son sauveur, c'est un mécanisme banal.

Dans la chambre d'enfants, je ne constate aucun désordre particulier. Les deux lits sont recouverts de leur housse de couette respective, mes vêtements impeccablement alignés sur leurs cintres pendent dans le placard. Désormais j'occupe cette chambre seule, je m'y suis habituée. Les odeurs familières calment un court instant l'anxiété durable qui, depuis plusieurs heures, m'a envahie. Puis tout me revient. Il faut que je localise l'intrus avant leur retour. Il ne faut pas qu'ils arrivent pendant que je le poursuis, perce au couteau la texture molle d'un tentacule, d'une tête, d'une bouche, d'un museau, d'une patte. Au moment où ils franchiront la porte pour m'annoncer la mauvaise nouvelle, ils ne doivent pas imaginer que la place laissée vide par la quatrième a été prise par un inconnu. Notre vie commune, la vie des trois qui restent, eux et moi, en dépend.

Au bout de dix ans, par l'intercession d'une amie qui prend un rendez-vous pour elle, Jacqueline S. finit par faire une visite de courtoisie à son chirurgien.

Je me dirige vers la dernière pièce, celle que je crains le plus, la pièce sans nom, la pièce aveugle qui, comme une verrue ou une cicatrice, défigure notre maison. Personne depuis que je loge ici ne l'a utilisée. À quatre, nous n'avions pas l'usage de cette pièce-là, mal placée, mal exposée, mal ventilée, humide et sombre. À trois, encore moins. Quand la quatrième nous a quittés, nous y avons stocké ses affaires et d'autres restes que nous n'avions pas le courage de jeter. Puis nous avons fermé la porte et la pièce est restée définitivement close. Nous n'en avons plus parlé, tout ce qu'elle contenait s'est déposé en nous comme un poids sur notre conscience.

Je fais une brève halte dans la salle de bains sur la droite. Une trace, salive ou suc, dessine une ligne savonneuse, épaisse et légèrement gluante, sur le carrelage. Elle monte en diagonale vers le pommeau de douche. Au lieu de la humer et d'en faire l'analyse, je l'essuie avec une serviette dont je me débarrasse immédiatement en la jetant dans la baignoire. Puis j'ouvre le petit meuble blanc sous le lavabo et j'en fais basculer le contenu dans le réceptacle émaillé et lisse. Les serviettes s'ouvrent comme des fleurs colorées dans le blanc immaculé de la cuve. Ces couleurs me soulagent. J'ai l'impression que les traces que je dépose sont plus fortes et plus visibles que celles de l'intrus. Je quitte la pièce comme si j'avais gagné une bataille. Pourtant le désordre est en train de prendre le dessus.

Pour Jacqueline S., l'expérience du retour est difficile. Perte des cheveux, escarres à la tête, arceaux autour des pieds, bras troués à force d'intraveineuses, drains qui entrent dans le corps, greffes, voix brisée par les intubations successives, piqûres, épuisement modifient toute sa personne. Ses proches ne savent pas comment se comporter avec cette femme affaiblie, handicapée. Ils protestent vigoureusement quand elle se lève, quand elle marche, quand elle tente de manifester son autonomie, ils sont contents de la retrouver en vie mais ce serait tellement plus simple qu'elle soit définitivement malade, les repères seraient clairs, on pourrait prendre soin d'elle sans lui demander son avis au lieu de quoi elle exprime des désirs qui contreviennent à son état. Jacqueline S. se rebiffe, elle se met debout on lui intime l'ordre de se coucher, elle sort on exige qu'elle reste chez elle, elle se déplace sans canne on lui explique que ce n'est pas raisonnable. Les relations qu'elle a avec ses proches se détériorent. Exaspérée, elle prend une décision à laquelle elle pense depuis des années sans oser la mettre à exécution. Elle quitte son métier et son mari et ses enfants et sa maison pour commencer une vie dont l'objectif principal est de photographier l'invisible.

J'ai négligé mon rôle. Des changements sont survenus. Toutes ces perturbations minuscules s'interposent entre eux et moi, ils constituent un obstacle à nos retrouvailles.

Quand je penche la tête à la fenêtre nord, du côté de la route, je vois les réverbères orangés qui éclairent l'asphalte vide.

À travers la vitre, je guette leur retour, l'apparition de leur voiture, phares, crissements de pneus. Ils couperont le moteur, ils sortiront. Leur souffle dessinera une fumée blanche devant leur bouche, le froid sera vif, les longues heures qu'ils ont passées dehors les auront diminués, ils auront perdu leur densité d'antan, ils ressembleront à des figures sans relief, plates comme celles qui peuplent les cartons sous l'escalier. Ils s'avanceront dans la nuit, les traits de leur visage seront brouillés, indistincts. Je ne les reconnaîtrai plus, je ne saurai pas avec certitude s'ils sont bien ceux qui m'ont élevée ou si des hôtes ont pris leur place, ont subtilisé leurs habits, leurs habitudes et jusqu'à leur apparence, la méfiance et l'inquiétude seront entrées en moi, ils seront devenus des étrangers.

Ils viendront vers moi, ils me prendront dans leurs bras, ils diront Ta sœur est morte, nous sommes allés reconnaître le corps. Ils diront Nous avons préféré t'épargner cette vision. Je me sentirai très froide et très distante, je ne les croirai pas, je douterai d'eux, de leur bonne foi, de leur chagrin, je me tiendrai à l'écart. Je ne voulais pas me séparer d'eux avant leur retour. C'est pourtant ce qui arrive.

Les choses peuvent aussi prendre une autre tournure, je peux choisir une autre voie.

Je les entendrai pousser la grille de l'entrée, enlever leurs chaussures boueuses avant de pénétrer dans la pièce principale. Ils verront le sol fraîchement lavé et s'étonneront de mon absence. Ils m'appelleront. Je ne répondrai pas à leur appel. Je n'entendrai pas ce qu'ils ont à me dire et que je devine déjà. Je serai retranchée dans la pièce aveugle. Je ne voulais pas les quitter au moment critique. C'est pourtant ce qui arrive.

Ils n'ont pas pensé à moi quand ils m'ont laissée seule dans la maison. J'ai envie de me venger de leur négligence, de leur faire payer leur manque d'imagination. Les veilleurs comme les autres doivent, de temps à autre, entrer en contact avec l'extérieur afin de n'être pas prisonniers des lieux où ils se tiennent à l'affût nuit et jour. Comme les autres, ils ont besoin de dormir, de sortir, de voir le monde, d'aller dehors. Je leur en veux de ne pas m'avoir incluse dans leur expédition, comme si je n'étais pas capable de supporter aussi bien qu'eux l'hostilité du monde. En m'abandonnant à mon sort, ils m'empêchent d'accéder au savoir auquel j'ai droit, ils confortent mon désarroi devant la mort, ils dressent entre moi et le dehors, moi et les cadavres de mes très proches, un mur opaque contre lequel je dois me battre pour voir, je veux voir au-dessus du mur, au-delà de la fenêtre, je veux pénétrer une partie du monde, je veux au moins une fois marcher dans la forêt et sur la route, je veux entrer dehors.

Jacqueline S. a refusé de rester enfermée dans son corps malade, dans sa maison, avec ses proches. Malgré ses craintes et ses hésitations, elle a tourné le dos à son passé. Elle se promène désormais dans la vie avec la connaissance spéciale qu'ont ceux qui savent rompre et fuir.

Il faudrait que je parte. Mais je n'ai pas le courage d'aller jusqu'à la porte extérieure, de retraverser le couloir, de passer devant la salle de bains, de deviner les serviettes s'ouvrant peu à peu dans la baignoire comme des corolles animées d'une impulsion propre, d'apercevoir sous la porte de la chambre conjugale un rai de lumière, de sentir sous les marches de l'escalier les cartons éventrés avec leurs photographies disséminées dans le noir, de rejoindre enfin la pièce principale dont les taches de boue ont dû sécher. Le désordre s'est installé. Je n'ai plus la force de remettre la maison en l'état. Il y a des choses sur lesquelles je n'ai aucun pouvoir. Je ne vois pas d'autre solution que de me jeter dans la gueule qui s'ouvre au fond du couloir, cette pièce sans fonction depuis des lustres et qui vient peut-être d'en trouver une, cette bouche béante exhalant un parfum irrésistible. J'avance inexorablement vers le fond, happée par la pièce aveugle, les secrets qu'elle contient, les ondes et vibrations qui d'elle émanent. La densité, le poids, la force d'attraction de ce trou noir sont tels qu'ils pourraient bien tout emporter. Je ne vais pas pouvoir y résister.

Après sa renaissance, Jacqueline S. a suivi les corbillards d'inconnus, s'est levée tôt le matin pour faire acte de présence lors d'enterrements d'anonymes, elle a donné son temps aux morts de la rue, ceux que personne ne réclame, ne connaît, ne fréquente et dont les noms même ne sont pas très sûrs, elle a photographié des cérémonies religieuses, des chantiers en destruction, des lieux d'hébergement provisoire, des centres de réanimation, des pompes funèbres, des morgues, des prisons désaffectées ou vétustes, des arbres comme des totems, des fruits comme des natures mortes et enfin les mouvements invisibles du vent dans le ciel.

J'aurais voulu que la maison reste pareille, qu'ils restent pareils et que moi aussi je reste pareille. J'aurais voulu les accueillir et les consoler de leur perte, j'aurais voulu qu'à mon tour ils me consolent. Je devine dans la nuit les phares de leur voiture qui se frayent un chemin vacillant à travers les arbres, j'entends le bourdonnement d'abord lointain puis plus proche du moteur, des faisceaux lumineux traversent l'épaisseur du noir par intermittence, les fenêtres nord sont éclairées violemment quelques secondes avant de perdre leur éclat, bas-côtés, feuilles d'arbres, petites présences animales surgissent, ils sont en chemin, ils arrivent, emmitouflés dans leurs manteaux ils vont garer leur véhicule, ouvrir les portières, sortir de la bulle tiède que leur respiration et le chauffage ont formée, ils vont apparaître, humer l'air piquant et dur, manifester leur présence par un raclement de gorge ou des mots chuchotés, me chercher, dans l'appréhension peut-être ou l'impatience, le soulagement ou la douleur, ils vont entrer pour me dire Ta sœur est morte sur la voie publique, nous sommes allés reconnaître le corps. Mais je ne serai pas là. Pour leur échapper, pour devancer et prendre de court et effacer la nouvelle qu'ils vont m'annoncer, j'ouvre la porte au fond du couloir, je me glisse là où l'intrus a fait son nid, dans ses plis innombrables, parmi les grouillements baveux qui peuplent les murs, je quitte toutes les autres pièces de la maison pour celle-ci, la plus dense, l'impénétrable, l'opaque, l'irrespirable, je me désolidarise, je m'isole, je plonge, je m'immerge, je m'engouffre, je m'enferme, je passe de l'autre côté.

J'ai imaginé un monde dans lequel tout ce qui est gardé secret serait exposé devant moi et à découvert. J'ai imaginé ce qui se passerait si je devais avoir ces choses-là, mots enfouis ou retenus, aveux, reproches, promesses, mauvais souvenirs, cauchemars, déchets, rebuts, fantômes, avatars, doubles et démons, si je devais les avoir à l'esprit et à l'œil, si ma conscience était en permanence habitée par ces restes. J'ai imaginé. Et pour me protéger du déferlement de sensations qui alors me submergeait, j'ai fermé les yeux.

3.

La traque

Le jeu de cache-cache commence. Nous avons tiré au sort pour déterminer les rôles, un chasseur et plusieurs chassés. Je fais partie des chassés. Quand on est poursuivi, d'habitude on a peur. On peut être appréhendé à tous moments et du coup le cœur bat si vite qu'on a l'impression qu'il va faire sauter la poitrine. C'est désagréable. Il faut apprendre à se maîtriser. Si on pouvait s'extirper des jeux, nous le ferions tous. Mais on ne peut pas, les autres ne comprendraient pas. On entre dans le jeu par contrainte. Par conformisme. Être comme les autres est la nécessité absolue, la plus forte des obligations.

Au signal, nous avons pour consigne de nous éparpiller. Le chasseur, je ne dirai pas son nom parce qu'à chaque fois il change – même si, quand je pense au jeu, il y en a un qui se détache, plus chasseur que tous les autres, par sa qualité de saisie, de ruse, d'observation, par sa connaissance des signes que laissent les chassés sur leur passage – le chasseur donc se tourne contre le mur, ferme les yeux, entame le décompte. Vingt. C'est le signal attendu. Dès que le premier chiffre est prononcé, nous partons tous dans des directions différentes. Nous cherchons l'endroit unique où les autres ne pourront pas nous voir. Nous fouinons et rampons pour trouver le réduit qui nous dérobera le temps voulu aux regards. Tous, nous sommes agités de la même envie mêlée d'effroi : l'envie de disparaître.

Le sang pulse dans ma gorge, je sens le danger, je suis essoufflée, l'émotion me traverse d'un coup, dix-neuf. Les autres n'ont pas déguerpi à la première alerte. Dix- huit. Ils m'attendent, ils veulent que nous partions ensemble. Ce serait merveilleux de trouver une cachette de groupe, une cachette où nous pourrions nous entasser et respirer d'un seul trait et d'un seul corps, notre terreur serait moins grande. Mais une projection rapide dans les cachettes disponibles rend cette espérance totalement vaine : un tel recoin n'existe pas. Pour se cacher, il faut aller seul.

Dix-sept. Je fais des signes aux autres pour qu'ils se volatilisent dans l'espace. On ne peut pas prendre le risque de se cacher à plusieurs. Seize. Nous perdons du temps. Nous n'avons pas réfléchi à la manière dont nous pourrions nous déployer. Nous nous affolons. Quinze. Chaque chiffre est prononcé très fort pour que nous entendions tous. Nous entendons. Nous sommes paralysés par le compte à rebours et par les décisions qu'il implique. Nous aurions envie de nous pelotonner et nous blottir, pas de nous disperser. Mais nous savons que nous serons plus mobiles si nous nous dissocions. Ensemble, nous sommes moins forts.

La scène de crime, dite scène primaire, se définit comme l'endroit où un crime a été commis. Pour qu'elle existe, il faut non seulement la présence d'un cadavre mais aussi celle concomitante d'hommes en uniforme placés aux environs de ce cadavre et délimitant autour de lui un périmètre de sécurité. Sans la création de ce périmètre signalé par une bande adhésive jaune et noir, on ne pourrait pas véritablement parler de scène. La scène de crime est donc une création artificielle qui, comme n'importe quelle œuvre d'art, est à la fois désirable, étrange, incroyable, incompréhensible et finalement, malgré son caractère exceptionnel et singulier, banalement humaine.

Je connais les déclivités du terrain, les creux, les retraits, les éminences, les endroits dangereux ou vides, je peux mentalement les visualiser, comparer ma taille à la taille de l'espace vacant, faire des calculs avant de m'élancer. Mais dans cette forêt de possibles, une seule cachette est la bonne, une seule sera effectivement à ma mesure. Et pour savoir où est exactement cette cachette, il faudrait que j'aie le temps de les essayer toutes. Quatorze. Je n'ai pas le temps.

Se cacher offre des avantages de toutes sortes. C'est une activité exclusive qui ne laisse place ni à la pensée, ni à la distraction, ni à la divagation, ni à la promenade. Elle consiste essentiellement à trouver tous les moyens pour s'extraire du regard. Se cacher, c'est devenir invisible.

Treize. Je n'ai pas envie d'être invisible.

Parler de scènes primaires suppose qu'il existe également des scènes secondaires. Situées à distance du lieu du crime proprement dit, elles constituent des à-côtés à ne pas négliger : entrepôts de stockage, garages, décharges, terrains vagues, cabanes, bords de rivière, petits bois, appartements loués ou achetés sous un faux nom, étables, bâtiments de ferme, véhicules utilitaires ou non, caravanes peuvent être autant d'auxiliaires où un crime se conçoit et se prépare. Si on y réfléchit en toute objectivité, l'ensemble du territoire est susceptible de devenir à plus ou moins longue échéance une scène de crime secondaire.

Douze. Par instinct, je m'éloigne du chasseur. Je me dis qu'il commencera par les lieux qui sont à sa portée puis tournera par cercles de plus en plus larges à partir de son point d'origine. Onze. Il commencera par les cachettes où se précipitent dans l'urgence tous ceux qui sont poursuivis. Il faut déjouer l'évidence, proposer une solution inédite. C'est comme ça que je lui échapperai.

Dans les dossiers criminels, on trouve de multiples clichés représentant les cadavres au moment de leur découverte. L'un est attaché au pied de son lit, l'autre étalé face contre terre dans une clairière, un autre est recroquevillé sur le carrelage d'une cuisine, un autre encore gît sans tête le long d'une voie ferrée. On a le sentiment qu'aucun lieu ne peut protéger quiconque contre le risque d'être un jour violenté à mort avant d'être photographié. À moins qu'on ne préfère se projeter dans le rôle de celui qui, témoin de hasard ou de métier, découvre les postures indéchiffrables d'une victime inconnue ou proche, on a toute chance, en regardant ces images, de se plonger dans une mélancolie géographique d'ampleur insoupçonnée.

Dix. Comme moi, le chasseur, surtout celui qui officie ce jour-là, ce chasseur-là, avec sa taille, son âge, son sexe, a peur. Je l'entends. Je le connais. Je le devine. Il retarde le début de la chasse, il ralentit. Neuf. Il fait traîner. Il laisse de longs blancs entre les chiffres, il nous offre la possibilité de fuir comme s'il souhaitait rester des heures entières à nous chercher sans succès. De quoi le chasseur a-t-il peur ?

En France, les techniciens de la police scientifique sont appelés gestionnaires de scène d'infraction. Comme leur nom l'indique, ils n'ont pas pour rôle de se mettre à la place d'un criminel pour imaginer sa psychologie. Ils doivent plutôt relever des traces, accumuler des indices, travail mécanique, minutieux, fastidieux qui n'a rien à voir avec la pensée. Il faut toujours dans les processus d'enquête distinguer les aspects psychologiques des aspects mécaniques et, eu égard à l'incertitude qui pèse sur les premiers, se concentrer sur les seconds.

Je suis convaincue que le chasseur est travaillé par le doute, tous les chasseurs les uns après les autres, jeu après jeu, vacillent, quels que soient leur âge, leur sexe, leur taille, les liens qu'ils entretiennent avec leur proie. Et pour ce chasseur-là, c'est encore pire. Il se contentera de vérifier que les cachettes habituelles sont désertes, il regardera, il palpera, il soulèvera, il remuera, il défera, il ouvrira, il déchirera, il éventrera. C'est ainsi que procèdent les prédateurs. À la différence des proies, ils laissent volontairement des traces, comme pour se rassurer. Ils n'aiment pas le rôle que le sort leur a donné et qui les distingue définitivement du groupe. Pour voir les fuyards et les attraper, ils sont obligés de commencer la traque sans aucun coéquipier.

Les autres ont pris leurs jambes à leur cou, ils sont extrêmement bruyants, ils vont se trahir. Un chasseur – en particulier celui-là, celui qui ce jour-là officie et nous cherche – garde en mémoire ce qu'il a entendu avant de commencer la chasse proprement dite. Il écoute, il hume, il renifle, il touche, ses sens sont en éveil, il est vivant. Peut-être même est-il effrayé par les signaux que la vie lui envoie. Si tu ne mets pas la main sur les autres, tu perdras tout, lui chuchote-t-elle, c'est ta vie contre la leur. Et ces chuchotements entrent dans ses oreilles bien qu'il tente de les couvrir avec des chiffres. Huit, hurle- t-il avec une rage proche du désespoir.

Une fois la scène de crime délimitée et sécurisée, la police scientifique peut commencer ses observations. Sauf lorsqu'on est aveugle, handicap plutôt rare dans le métier d'enquêteur, on a tendance à négliger l'invisible. Le technicien doit donc réduire au minimum ce qui ne peut être vu. Il doit être prêt à tout regarder, même l'insoutenable. Il décrira précisément les lieux, les objets, fera état des désordres et perturbations repérables aux alentours du cadavre. Et comme l'œil humain est imparfait, il recourra à des illuminateurs puissants dont les éclairages monochromatiques (filtres orange, jaune, bleu ou vert) seront susceptibles de révéler la présence de salive, de sang, de sperme, de cheveux, de poils, de rognures d'ongle ou de peau. Dans ces scènes spectaculaires comme dans le reste, tout ce qui n'est pas en lumière se perd.

Le mieux serait de jouer avec le corps du chasseur et la direction de son regard. De le coller comme son ombre. Parce que si je reste dans son dos, tant qu'il n'a pas des yeux derrière la tête, je m'approche de la perfection. Le seul que le chasseur ne verra jamais, c'est lui-même.

Sept. Je reste en mouvement. Je n'arrive pas à attendre immobile la venue de celui qui, c'est le jeu, me tuera par son seul regard. Je ne veux pas d'une mort, même symbolique. Les autres sont en train de se lover dans des espaces étroits, j'ai envie de me cacher à l'air libre.

Aucun lieu, si privé soit-il, chambre, cuisine, salle de bains, ne protège contre le risque d'être tué. Notre maison ou notre appartement, lieu intime s'il en est, peuvent dans bien des circonstances devenir le cadre et l'écrin de notre futur cadavre. Pour certains, c'est effroyable, pour d'autres pire serait encore d'être assassinés à tous vents. Il y a des gens qui préféreraient sans doute un meurtrier entrant par effraction ou habitude, et leur offrant le confort d'une mort en terrain connu. Et il y en a, au contraire, qui seraient rassurés d'imaginer leur assassinat comme le résultat hasardeux d'une rencontre en plein air. Faire un choix entre les deux termes de cette alternative paraît ardu. Quelle que soit notre préférence – si tant est que l'idée de préférence ait un sens – se plonger dans la perspective des violences que nous pourrions subir, soit quand nous mettons un pied dehors, soit dès que nous rentrons chez nous, nous terrifie. Dans les deux cas, la menace peut être si prégnante qu'il devient urgent de nous réfugier chez un tiers dont le logement n'est ni tout à fait dehors ni tout à fait dedans.

Je m'approche du chasseur, il est désormais si près de moi que je peux entendre sa voix ricocher contre le mur où il appuie consciencieusement sa bouche. Six. Je veux devenir son ombre, son double, mais un double dont il ne connaîtrait pas l'existence. Cinq. S'il se retournait brusquement il me verrait, mais tout chasseur, quels que soient son sexe, son âge, sa taille – et surtout celui-là que je connais si bien, qui est si proche – respecte la règle du jeu, il n'a aucune raison de l'enfreindre, tête fixée devant lui, yeux momentanément clos, il sait que quoi qu'il arrive il débusquera l'un de nous recroquevillé, suffocant, apeuré. Et une fois qu'il aura raflé le premier, sa solitude, sa ténacité, sa méchanceté pourront être partagées ou multipliées par deux, il sera accompagné par un joueur contraint de retourner sa veste, traqué devenu traqueur, partenaire complice, œil et main à son service. Quatre.

Le plus difficile pour le chasseur est de s'emparer du premier perdant, de chercher seul pendant un temps des corps dont il ne sait dans quel ordre ils vont apparaître, dont il ignore en conséquence la taille, l'âge, le sexe, l'envergure, ignorance qui peut, dans certains cas, retarder la prise. Trois. Tant qu'on ne connaît pas celui qu'on veut atteindre, il peut se fondre dans le décor.

Les empreintes digitales, lignes, creux et crêtes aléatoires qui sculptent les doigts humains, résultent des stress multiples que subit le fœtus durant la vie intra-utérine. Une fois expulsé et devenu adulte, il gardera sur ses mains la trace unique et indélébile de ses humeurs d'antan, trace qu'il laissera à l'occasion sur les scènes de crime. Comme on l'apprend lorsqu'on devient enquêteur, tout objet est susceptible d'être touché. Dès lors l'identification dite papillaire ou dactyloscopie est l'une des observations scientifiques les plus efficaces pour confondre un meurtrier ou reconnaître à qui appartenait un corps plus ou moins putréfié. En fonction des surfaces sur lesquelles ces traces ont été déposées, on utilise pour les révéler des poudres fluorescentes ou magnétiques, des bains chimiques, des solutions aqueuses à base de sel d'argent et depuis peu la technique de la métallisation sous vide.

Le chasseur est en train d'achever le compte à rebours. Sa voix tremble. Il accélère le déroulé des syllabes. Il respire plus vite. Deux. Un. Il va devoir se jeter dans l'inconnu. Je l'ai en ligne de mire. Zéro. Le chasseur a ouvert les yeux, il ne bouge pas. Il renifle son environnement avant l'attaque. Il penche la tête. Des choses bougent au-dessus de nous, je dis nous parce que lui et moi sommes réunis. Je suis avec le chasseur, presque à ses côtés, je partage avec lui le même air, j'entends les mêmes bruits sourds, sans doute l'un des traqués qui a tardé à se réfugier dans un trou, nous sommes liés l'un à l'autre, je suis accrochée à son rythme et à ses décisions, il est mon chasseur. Il se met en mouvement, marche résolument vers moi, je me plie en deux pour échapper à son regard.

Il m'a dépassée sans me remarquer, il monte discrètement pour prendre les autres par surprise. Dès qu'il en aura vu un, il le désignera du doigt et de la voix, je t'ai vu dira-t-il et l'autre aura perdu la face. Le perdant devra sortir tout entier de sa cache et accompagner le chasseur dans son travail. Je mets mes pas dans les pas du chasseur mais je ne suis pas encore dans son ombre exacte, pas encore assez habile ni entraînée à cet exercice radical. Pour l'instant, je me tiens derrière, à distance, je reste à portée d'un point mort où me retirer au cas où il lui viendrait à l'esprit de faire volte-face. Il va de l'avant, il ne se retourne pas. Arrivé en haut, il s'arrête. Des chuchotements nous parviennent. Certains n'ont pas su tenir leur langue, ils vont être débusqués.

Le chasseur ne se dirige pas vers les voix. Il prend la direction de la chambre conjugale. Peut-être a-t-il envie de faire durer l'excitation qui précède la première prise. À moins qu'il ne veuille m'induire en erreur, s'affranchir de ce qui déjà nous lie, me faire comprendre que je ne peux, malgré mes efforts, entrer dans sa tête. Peut-être a-t-il l'intuition que je suis accrochée à ses basques. Ce chasseur-là, plus que tous les autres, est tellement proche qu'il ne pourra échapper à ma perspicacité, il est mien, c'est mon chasseur, il est à moi. Pourtant, sa réaction imprévisible me trouble. Je ne sais pas comment me comporter. Je retarde le moment de me glisser derrière lui, de me coller à lui, de reproduire chacun de ses gestes. Nous ne sommes pas en phase, pas encore.

L'ADN, une molécule d'acide désoxyribonucléique présente dans chacune de nos cellules, constitue un puissant agent d'identification. Chaque individu dispose d'un ADN propre et unique. En même temps, les travaux scientifiques ont pu montrer qu'il existe des points communs extrêmement forts et facilement isolables entre l'ADN d'un individu donné et celui de son père, de sa mère, de ses frères et sœurs, de ses enfants. Grâce à cette empreinte génétique familiale, il a été possible en 2005 de confondre Dennis Rader, un violeur et tueur en série. On a prélevé l'ADN de sa fille qu'on a comparé aux traces relevées sur les scènes de crime. L'histoire ne dit pas comment la fille de l'assassin a réagi en découvrant à la fois que son père avait tué une dizaine de victimes et qu'elle, sa fille, était la responsable de son arrestation. Si toutes les familles devaient se plier aux protocoles des prélèvements ADN, il n'est pas exclu que cela remettrait en cause les bases culturelles de nos parentés biologiques.

Je l'ai suivi dans la chambre conjugale, il s'est allongé sur le lit. Je l'ai observé à travers l'embrasure de la porte, il est resté un moment sur le dos puis a fermé les yeux comme s'il voulait dormir. Je ne comprends rien. Il n'y a personne ici. Le chasseur prend des libertés avec la règle, il est un peu différent des chasseurs habituels. Je le connais bien, c'est mon chasseur, quelque chose entre lui et moi s'accomplit dans le jeu. Les autres doivent se demander ce qui se passe. D'habitude, quand on joue, on apprend à ne pas parler, à ne pas rire, on retient sa respiration le plus longtemps possible, surtout quand on entend les pas du traqueur tout proches. Alors que là, c'est autre chose. Quel drôle de chasseur. On a l'impression qu'il veut rester à l'écart, éviter le contact à tout prix. Je ne sais pas comment réagir, la stupéfaction pourrait me trahir. Que veut le chasseur, quel message m'adresse-t-il ?

La chambre conjugale, c'est la chambre où on ne va pas, c'est la partie réservée, la zone interdite. On n'a pas le droit d'y entrer. Moi qui croyais que les chasseurs étaient obéissants et conformistes, je me rends compte que je me suis trompée. À moins que ce chasseur-là ne profite des règles du jeu pour en transgresser d'autres, plus anciennes. Mais pour quel motif?

Un enquêteur moderne subordonne les alibis, les causes et les mobiles aux preuves matérielles. Il utilise le Fichier national automatisé des empreintes génétiques qui inventorie des centaines de milliers de profils et s'enrichit chaque mois de plus de 30 000 dossiers. Toutefois ce type d'enquête n'est efficace qu'à partir du moment où les empreintes d'un délinquant sont déjà enregistrées. Pour ne pas être piégé, un criminel débutant, une fois son forfait commis, a donc intérêt à éviter tout écart de conduite : insulter un inconnu ou un proche dans la rue, sombrer dans un coma éthylique sur la voie publique, bousculer un importun, participer à une manifestation, brûler un stop, se baigner nu sur une plage bretonne peuvent être des occasions de passer quelques heures au poste et d'être contraint d'y laisser ses empreintes, auquel cas tous les recoupements deviennent possibles. C'est ainsi qu'en 2003, une bagarre ayant éclaté entre un pompier qui refusait de payer son ticket de stationnement et les vigiles du parking où il s'était garé, on découvrit, en prenant les empreintes du pompier colérique, qu'il était aussi l'auteur du viol et du meurtre d'une lycéenne de seize ans retrouvée dans une clairière quelque quinze ans auparavant. Le Fichier peut avoir, dans ces conditions, des vertus dissuasives plus fortes encore que tout le reste. Il oblige les primodélinquants à une vie calme, sans heurt et sans écart. L'étude des comportements en société, plus encore que les traces et les relevés, pourrait permettre de repérer les criminels impunis : ils s'arrangent pour n'avoir jamais aucun problème avec la justice.

Je me suis glissée à quatre pattes à ses côtés et je me suis mise sous le sommier. Le chasseur, mon chasseur, ne bouge pas. Peut-être s'est-il endormi là, en dépit de sa mission. Il pense sans doute que les traqués vont s'impatienter et sortir de leurs caches, à moins que le décompte et la préparation de la traque ne l'aient exténué. Je reste allongée sur le sol, juste au-dessous de lui. Mon appréhension s'est envolée. Il faut que je la fasse revenir. C'est grâce à elle que je reste vigilante.

Je me suis endormie. Un grincement au-dessus de ma tête m'a réveillée. Je vois sur le côté les pieds du chasseur. Il est assis sur le lit conjugal. Je ne sais pas exactement ce qu'il regarde. J'essaye de me représenter les meubles qu'il a autour de lui, la table de nuit, l'armoire, la commode. Il se lève. J'entends de drôles de froissements, il doit être en train de fouiller dans les tiroirs. Je me demande s'il n'utilise pas le jeu comme prétexte. Le chasseur, celui-là en particulier, dont je connais le nom, l'âge, la figure, le sexe, mon chasseur me met à l'épreuve. Quand il se rassoit sur le lit, le matelas et le sommier s'enfoncent sous son poids et s'écrasent presque sur mon visage. J'ai envie de fuir.

Le lit conjugal est un monument. Le lit conjugal est un objet de culte. On ne le voit jamais. On ne le touche jamais. On peut en parler mais seulement quand ses utilisateurs sont absents. On peut échanger sur l'utilisation qu'ils en font, sur leurs secrets et leurs silences. Et parfois, malgré l'interdiction, on peut se mettre devant la porte de la chambre, écouter, regarder par les interstices. On peut voir des choses qu'on ne comprend pas. On peut regretter d'avoir vu. On peut même par moments espérer ne plus voir. On peut essayer de recouvrir les images obsédantes qui sont imprimées dans la tête par d'autres images plus familières. On peut découvrir à cette occasion que l'obsession déborde, s'impose, prend tout l'espace, tout le temps, toute la place. On peut refuser d'y consentir. On peut se raidir. On peut se saouler d'autres images, moins curieuses, moins fortes, moins mystérieuses et dérangeantes. On peut accepter de revenir pour voir encore ce qui se passe derrière la porte. On peut être dérangé. On peut aimer être dérangé. On peut se dire qu'être dérangé est une manière de vivre.

Mon chasseur a laissé tomber un objet près de moi. Je pourrais tendre la main pour l'attraper mais je risquerais de me trahir. C'est peut-être un piège grossier pour me faire sortir. Si je tends le bras à découvert, mon chasseur me verra. Vu, annoncera-t-il, je serai obligée de m'extraire, honteuse, de ma cachette, ce sera la fin de l'indépendance que je suis ici en train d'acquérir. L'indépendance, selon moi, n'est pas synonyme de séparation. Au contraire. Plus je me confonds avec mon chasseur, plus j'ai le sentiment de ne pas céder à son désir et donc d'être moi-même. C'est une vision un peu restreinte de l'autonomie, mais ne pas céder au désir de l'autre, c'est déjà quelque chose, le début de la résistance.

Je pense au lit conjugal sur lequel mon chasseur est étendu. Je pense aux utilisateurs officiels de ce lit, aux usages divers qu'ils en font quand ils croient que nous ne sommes pas là. Ils entrent en action, ils s'emmêlent à n'en plus finir, s'indifférencient, se confondent dans un râle horrible. Je me dis alors qu'il faut que j'entre dans la pièce sinon ils vont mourir. Et au lieu de faire ce que je dis, je continue à les regarder. Dès qu'ils sont morts, ils deviennent souriants. Ils se détendent. C'est un moment que nous attendons, le chasseur et moi, parce qu'avant c'est épouvantable. Leurs cris sont déchirants. Ils souffrent, c'est sûr. Nous restons devant la porte jusqu'à la fin. Nous avons honte mais nous n'intervenons pas. La surprise qu'ils éprouveraient si nous entrions risquerait de rendre leur mort encore plus précoce et fulgurante. Nous n'avons pas pour objectif de précipiter leur fin.

Le chasseur et moi, mon chasseur, celui qui officie ce jour-là et dont je connais le corps, le sexe, l'âge et la taille, nous avons vécu cette scène plusieurs fois. Nous avons regardé cette scène plusieurs fois. Nous les avons vus mourir plusieurs fois. Je connais l'expression du chasseur quand il épiait, comme moi, leurs réactions. Il lui arrivait de s'appuyer sur moi comme s'il cherchait un point fixe au milieu du tourbillon. Et maintenant, il a passé le seuil, il erre au milieu de la scène délimitée d'un côté par la porte, de l'autre par la fenêtre surplombant le jardin, il se vautre dans le lit même de ceux qu'il a vus mourir tant de fois. Je ne comprends pas ce qu'il cherche. J'ai envie de l'implorer. Fais ton travail, trouve ceux qui se sont cachés au lieu de t'abandonner à la mélancolie, reviens parmi nous, chasseur, joue le rôle que tu as accepté sans te plonger encore et encore dans des images anciennes qui ne te servent à rien.

Le principe de l'échange est au cœur de toute activité humaine. Il veut qu'un individu se déplaçant dans un lieu donné y laisse forcément des traces et emporte avec lui, sur son corps ou ses vêtements, des indices du lieu où il a séjourné. C'est un principe qu'on peut juger rassurant ou terrible. Soit l'idée de ne jamais passer complètement inaperçu donne un sens à notre éphémère existence, soit au contraire l'impossibilité de disparaître est source d'angoisse, angoisse d'autant plus vive qu'elle naît d'une volonté précise d'effacer certains de nos gestes. Les criminels de tous poils sont évidemment concernés au premier chef par ce type de principe car, comme l'écrit Edmond Locard en 1912: «Nul ne peut agir avec l'intensité que suppose l'action criminelle sans laisser des marques multiples de son passage.» Pour contredire et faire mentir une vérité qui risque de les desservir, on recommande aux criminels de commettre des forfaits doux, lents, durant lesquels les victimes consentantes n'offrent aucune résistance et se laissent appréhender avec une résignation souriante. Cet objectif est toutefois rarement atteint parce qu'il vient toujours un moment où la chair entre en lice, expressive, furieuse, bouleversée, nauséabonde ou liquide. Pour que l'intensité du meurtre soit diminuée, il faudrait imaginer qu'on ne tue que des êtres qui ont perdu toute épaisseur charnelle.

Mon chasseur s'est levé. Il sort. Je quitte ma cachette, je trébuche, je me rattrape, j'essaye de me glisser le plus discrètement possible dans son ombre. Il m'ignore, il va de l'avant. Au lieu de me cacher, je me mets directement dans ses traces, si près qu'il ne me voit pas. Je lui colle à la peau, c'est ma méthode. Si tout se passe comme je l'imagine, il viendra un moment où, à force de me déplacer, de sillonner l'espace et de le raturer, je creuserai un pli nouveau où me loger, un pli intérieur et hors de portée, façonné par la multiplication de mes trajectoires, le dessin embrouillé de mes allées et venues. Et quand ce moment viendra, je ne serai plus ni à l'intérieur ni à l'extérieur, mais quelque part en moi-même, absolument protégée, inatteignable, invisible, sauve.

Mon chasseur a des gestes brusques, rapides. Il essaye sûrement de prendre les autres de vitesse en saccageant tout sur son passage. Flacons renversés, rideaux déchirés, portes ouvertes avec fracas, pas précipités, chutes, bris de verre, cris étouffés, longs hurlements avant le silence. Mon chasseur commet une erreur tactique. Sa manière brutale d'agir donne des indications à ses victimes, elle leur permet de suivre à l'oreille les mouvements erratiques de leur principal ennemi. La fureur bizarre qui s'est emparée de mon chasseur l'expose à rester seul. Il faudrait une proie bien consentante et fidèle et compréhensive pour qu'il n'échoue pas dans sa quête.

La salle de bains est dévastée. Le rideau de douche pend à moitié arraché hors de la baignoire. Le néon illumine mon visage blafard, un visage que j'ai de la peine à m'attribuer en le découvrant presque par hasard dans un miroir sur pied qui a par miracle échappé à la destruction. La surface en est griffée par un réseau de lignes convergentes durcies, épaisses et coupantes comme si on l'avait attaqué avec un objet lourd et oblong. Des bouteilles en verre gisent sur le sol, certaines en morceaux, d'autres entières. Un liquide orangé sort de l'une d'elles et se répand lentement le long des joints sur le carrelage. Le sol est humide, légèrement collant. Quant aux tubes, fioles et flacons que contenait l'armoire à pharmacie, ils sont éparpillés, ouverts, répandus, éventrés. Beaucoup ont été jetés dans la cuvette des toilettes. On dirait les déjections méconnaissables d'un grand malade.

Grâce à la dynamique des fluides, un enquêteur est en mesure de déterminer ce qu'on appelle la vélocité des taches de sang. Les taches à haute vélocité forment une brume de fines gouttelettes et sont caractéristiques des armes à feu. Des objets contondants ou armes blanches produisent des taches à vélocité moyenne qui éclaboussent et giclent au lieu de vaporiser les surfaces concernées. Enfin, à basse vélocité, les projections sont larges. Elles indiquent, soit que des coups ont été portés, soit qu'un corps s'est vidé goutte à goutte. Dans ce dernier cas il suffit comme le Petit Poucet de suivre la ligne discontinue laissée par lesdites gouttes pour rejoindre le corps mort ou vif responsable de tous ces désordres.

Le chasseur a cherché frénétiquement ses victimes. Il a dû en débusquer quelques-unes. Je ne sais pas combien, sans doute trahies par leur impatience, ont été prises. Les impatients sont les premiers à perdre, ils sortent de leurs repaires, s'alarment, craignent d'être oubliés. Ils préfèrent en finir vite, ne pas faire durer le suspense. Leur agitation n'est pas une maladresse, plutôt un appel. C'est pour ne pas succomber à ce piège que j'ai pris la résolution d'adhérer aux pas de mon chasseur, à son corps et à son rythme. Maintenant il n'est plus seul, je le sens. D'autres, un ou deux, sont désormais ses complices. Cela doit l'aider à poursuivre, à vaincre son envie de renoncer. Je le connais suffisamment pour savoir qu'il n'aime pas chasser. Il préfère contempler les mouvements imperceptibles des choses. C'est pourquoi, bien qu'il n'ait pas le goût de son rôle, mon chasseur est un bon chasseur. Il remarque les froissements, les pliures, les déplacements, les fines poussières. Il est redoutable sans le savoir.

Il existe des bases de données établies pour la police scientifique par les fabricants d'objets manufacturés. Ces bases recensent l'ensemble des modèles de chaussures disponibles en France, inventorient des centaines de milliers de pièces de véhicules, des milliers d'échantillons de peinture de carrosserie, des centaines de marques de pneus. Ces inventaires étranges et poétiques rappellent que tout achat laisse une trace et permet d'identifier un acheteur donné. Ils ramènent la consommation à ce qu'elle est : une activité destinée à se rendre visible, une consolation à échelle mondiale. Il peut arriver toutefois que nos achats, au lieu de nous donner un supplément d'âme, nous trahissent. Une association qui lutte pour la défense des libertés individuelles a ainsi révélé la présence de mouchards dans la majorité des imprimantes. La plupart des périphériques reliés à des ordinateurs imprimeraient des pictogrammes invisibles à l'œil nu permettant de déterminer la date, l'heure d'impression et aussi le numéro de série de la machine. Dès lors, l'anonymat, bien qu'il ne soit pas nécessairement désirable, devient impossible et à force d'être impossible devient désirable.

Je veux quitter le chasseur. Je suis attachée à lui par le jeu du cache-cache, l'affection, la haine naissante, la suggestion, la terreur et le manque. Il m'agrandit, il me ramifie, il me prolonge, il me complète. Je n'ai pas encore trouvé comment m'y prendre pour être indépendante. Je suis habitée. Je suis traversée. Je suis hantée. Je suis plusieurs. Je veux maintenant reprendre ma place. Me séparer du chasseur, rompre notre proximité, me tenir à distance de lui. On ne peut pas être deux. Ça nous freine. Lui et moi.

Ça nous empêche de vivre. Ça nous retient. Bien que rester dans son ombre m'évite la traque, je sens aussi que je dois retourner dans mon corps, le réinvestir, l'habiter. Et mon corps est celui du traqué.

Sur les scènes de crime, on trouve en général des restes humains dans des états divers. On ne peut pas être toujours absolument sûr de ce qu'on voit ni de ce qu'on touche. Par exemple l'immobilité du corps est une apparence trompeuse. La mort n'est pas immobile. Elle n'est pas une situation stable, ni un état fixe, ni une coupure nette, ni une assurance, ni un fait. C'est une durée, c'est un processus, c'est un changement lent, c'est une altération progressive, c'est une transformation qui prend de longues heures, de sorte qu'il est parfois délicat de déceler à quel moment exactement celui qui agonise passe effectivement de vie à trépas. C'est le rôle du médecin légiste de s'assurer du statut exact de celui ou celle qu'il découvre à moitié dévêtu dans les fourrés, de soulever les paupières déjà fermées, de prendre le pouls déjà arrêté, de toucher la bouche déjà froide, de redresser la nuque déjà raide, d'écarter les vêtements déjà déchirés, de libérer la poitrine déjà blessée, de dégager la plaie déjà séchée, de palper les organes déjà meurtris, de recouvrir le corps déjà habité par des hôtes pugnaces, déterminés et répugnants.

J'ai perdu le chasseur de vue. Je n'entends ni son pas ni sa voix. Le contact est rompu. Je pourrai m'introduire dans un endroit protégé et noir, c'est là que je serais enfin invisible. Mais si personne jamais ne me découvre, que vais-je devenir ? Être la gagnante du jeu, libre, inaccessible, introuvable, à quoi cela pourrait-il bien me servir ?

Durant les premières heures qui suivent le décès, le corps subit des transformations parfaitement repérables. Le premier signe de la mort consiste en une altération de la couleur due à l'arrêt de la circulation sanguine. C'est ce qu'on appelle les lividités cadavériques d'hypostase ou stases sanguines. Le sang, en raison de la gravité à laquelle nous sommes tous soumis, coule vers les régions déclives du corps sous l'effet de la pesanteur. Il s'ensuit la survenue de taches dans les zones que le sang a colonisées. Pendant un moment, ces taches sont mobiles et reproductibles, ce qui signifie qu'on peut les déplacer en remuant le cadavre ou en exerçant des pressions sur certaines parties de son corps, modifiant ainsi, comme pour n'importe quel contenant, les endroits où les liquides se concentrent. Un manipulateur sensible à la beauté naturelle de ces variations de couleur pourra, pendant un temps, s'amuser à les faire apparaître et disparaître sur un cadavre quelconque. Il verra ainsi se dessiner sur le corps choisi des cartes nouvelles et instables, des îles inconnues difficilement accessibles et pourra, s'il est philosophe, élaborer pour accompagner ses gestes un discours sur les correspondances entre macrocosme et microcosme. Toutefois, malgré ses rêveries, il sera ramené à la dure réalité du poids et de la rigidité. Les cadavres sont souvent lourds et ne manifestent aucune volonté de suivre nos caprices esthétiques. De plus, après un certain nombre d'heures, les parois vasculaires perdent leur étanchéité, le sang imbibe le tissu interstitiel et se fige, les taches auparavant mobiles se fixent définitivement sur certaines parties du corps choisi, mettant fin à l'activité physique, philosophique et cartographique du manipulateur dépité.

J'ai décidé de quitter le périmètre protégé que je connais, de rejoindre des zones où ni le chasseur ni ses proies n'ont l'habitude d'aller. J'ai décidé de rompre avec leurs habitudes et aussi avec les miennes. Quelques marches me séparent des champs. Je reste un instant devant l'escalier, le jardin descend doucement vers la rivière, le verger, la mare, le petit bois et au-delà les collines. Il fait jour encore, la lumière oblique intensifie la couleur des feuilles, de l'herbe, me donne la sensation dramatique de profiter des dernières minutes avant la plongée dans le crépuscule. Au fond un muret de pierre sèche signale la fin du domaine. Je franchis le seuil, l'air tiède entre dans mes narines.

Dans les heures qui suivent la mort, un voile se forme sur la cornée, donnant au cadavre un regard fixe et opaque. On peut prélever avec une seringue l'humeur vitrée des globes oculaires et mesurer le potassium dont la proportion monte sensiblement et régulièrement après le décès. Et on peut aussi admirer les yeux des morts en espérant en vain que dans ces pupilles dilatées auront été impressionnés, comme sur du papier photographique, les silhouettes, les paysages, les ombres et les lumières que ces humains ont vus à leur dernière heure et dont ils ne peuvent plus témoigner.

Au moment où je m'apprête à refermer le plus doucement possible la porte vitrée qui me sépare de l'extérieur, une main s'interpose, posée à plat sur la vitre. C'est une main que je connais, elle appartient à l'un des joueurs. En cet instant je voudrais supprimer cette main. Rien à faire. Elle est posée, entièrement ouverte, sur la vitre et m'empêche d'achever mon geste. Je ne me retourne pas vers la main, je me tiens en avant, je demande au corps que je devine au bout de cette main, un corps au poids, à l'âge, à la taille et au nom familiers, je lui demande d'effacer l'empreinte de ses doigts sur la vitre, je le demande en chuchotant et je descends les quelques marches qui me conduiront au jardin.

Représenter les morts illustres sous les traits durs et froids des gisants est une habitude contractée par les sculpteurs il y a bien longtemps, la pierre, marbre ou granit, ayant des parentés évidentes avec la texture et la consistance du défunt en état de rigidité cadavérique. On peut toutefois reprocher à l'artiste faisant un tel choix de sacrifier à une facilité qui l'éloigne de la vérité. De fait, la rigor mortis *n'est qu'une étape dans l'ensemble des processus qui mèneront à la décomposition organique. Pour que l'art reste en prise directe avec la réalité de notre fin, il faudrait imaginer des œuvres capables de rendre compte des états successifs et variables par lesquels le mort doit passer avant sa complète désintégration dans la nature.*

La main et le corps qui me suivent sont furtifs et impérieux à la fois, je les connais, ils appartiennent à l'un des traqués, une proie comme moi. Ce traqué à la main impérieuse n'est pas un ennemi, il est poursuivi comme moi, mais je préférais l'autre, le chasseur, mon chasseur, je voudrais maintenant qu'il revienne et me délivre de la main. Je marche plus vite, la main reste avec moi, la présence reste avec moi, elle m'emboîte le pas, elle souffle dans mes cheveux, je n'aime pas ça, elle a un poids et une force supérieurs aux miens, elle m'attrape et m'entraîne dans une remise, nous nous cachons au milieu des outils, c'est un lieu sûr où vu notre taille nous n'avons pas besoin de nous accroupir, il faut juste s'insinuer profondément dans le mince espace ménagé entre l'ouverture et le mur du fond. Nous attendrons que le chasseur se lasse.

Je me coule dans l'interstice étroit que la main m'indique, je m'introduis au plus profond, l'espace se distend pour m'accueillir, le mur respire et s'ouvre, je me tasse, la main et le corps s'interposent et me cachent, nous sommes enfoncés derrière des planches et nous tenons joints comme deux morceaux de bois brut.

La rigidité cadavérique est due à la perte d'élasticité des tissus et plus exactement à la coagulation de la myosine, une protéine présente dans les muscles. Elle débute à la nuque et s'étend petit à petit aux membres inférieurs. Elle atteint son intensité maximale environ vingt-quatre heures après la mort et commence à décroître à partir du deuxième jour. Toutefois, les conditions de la mort et le lieu où elle advient ont des conséquences non négligeables sur la durée de ce phénomène. Si la température ambiante est élevée, si le sujet a eu une intense activité musculaire juste avant la mort, si le décès est causé par une asphyxie ou une hémorragie massive plutôt que par un état de stress ou une électrocution, le corps aura tendance à s'amollir plus vite. Les déplacements intempestifs du cadavre pourront également avoir des effets sur son aspect et la chronologie de ses transformations. Ainsi un cadavre traîné sur le sol, chargé dans le coffre d'une voiture ou porté jusqu'à un lit, peut passer alternativement de la mollesse à la dureté et rester beaucoup plus longtemps que la normale dans un état de rigidité, comme s'il se raidissait brusquement et durablement au souvenir et au contact de mains qu'il identifie sans doute comme des mains ennemies, même si elles n'appartiennent pas forcément à son assassin.

Alors le chasseur vient. Celui dont je connais la taille, le sexe, l'âge et le nom. Mon chasseur. La porte extérieure claque et bat, il marche dans l'herbe, sans hésiter il se dirige vers la remise comme s'il savait. Je tente de couper le lien avec lui, je tente de m'isoler de lui, de ne lui envoyer aucun signe, cela fait partie du jeu alors je le joue, je suis les règles même si j'ai envie de crier son nom, le nom du chasseur, pour qu'il me voie et me reconnaisse et fasse de moi, enfin, l'un de ses compagnons. Mon chasseur continue à avancer d'un pas régulier, il se rapproche du petit espace que la main et moi nous sommes ménagé pour fuir son regard. Devant moi il y a le corps du traqué, mon complice involontaire avec sa main impérieuse qui fait obstacle, et devant ce corps complice il y a des outils et des planches, toutes ces strates que mon chasseur n'aura pas forcément le désir de traverser pour arriver jusqu'à moi. Je suis abritée et prisonnière, je ne peux pas m'échapper, ni le dedans ni le dehors ne sont à ma portée, je suis délogée, accompagnée par un tiers dont la main et le corps sont ma forteresse.

La main bouge, elle m'intime l'ordre de me taire, elle vient pour m'aider, pour me consoler, pour me rassurer, je la sens me chercher, se frayer un chemin vers moi, elle est douce, ferme, lente, précise, attentive, mais je n'aime pas la main, je voudrais la retirer de moi, l'écarter, je la laisse.

C'est de l'intérieur que ça arrive, dans cet espace qui n'est ni dehors ni dedans, loin de la maison, dans la cachette, l'antre, la retraite, le terrier, entre mon complice et moi, l'autre corps et le mien, sa main et ma chair, une proie et une autre proie.

La main est plus insistante, elle frôle, elle touche, elle cherche, elle écarte, je ne dis rien, je ne crie pas, je ne soupire pas, je ne tressaille pas sans quoi le chasseur pourrait m'entendre, je me retire en moi, je quitte les parties de moi sur lesquelles la main intervient, je les lui abandonne, je les ignore et me concentre sur d'autres zones moins exposées à sa volonté, la main se pose, la main se permet, la main se crispe, la main tremble, la main tient, la main attrape, la main tâte, la main sonde, la main explore, la main visite, elle assiège, elle s'introduit, elle pénètre, elle travaille, elle fourrage, elle se déploie, elle accomplit, il serait temps que le chasseur vienne pour me libérer de la main.

L'autodestruction du corps liée à la dégradation des lipides et des glucides s'accomplit sans intervention bactérienne. La peau prend une apparence marbrée, les veines redeviennent visibles. Cette autodestruction est suivie de la décomposition organique proprement dite, qui provient de la flore bactérienne hébergée par les intestins. Elle débute sur le côlon et s'étend à l'abdomen où des taches vertes correspondant à la dégradation des pigments biliaires du cæcum apparaissent. La coloration verte se répand ensuite sur tout le corps avant d'atteindre les extrémités, pieds et mains, qui résistent plus longtemps.

Les tissus et organes deviennent fluides. Le décollement épidermique se généralise. Les ongles tombent. Le cadavre prend des teintes bleues, pourpres, brunes puis noires. Il exhale une odeur de putréfaction très puissante et indéfinissable. Tout homme sain d'esprit mis en contact avec la pestilence de telles dépouilles a envie de fuir au plus vite, preuve manifeste qu'un tel parfum a pour principale fonction de nous dégoûter du meurtre et du suicide. L'histoire a toutefois montré que la répulsion qu'elle provoque est d'une efficacité discutable. La cruauté et le désespoir restent des agents beaucoup plus puissants qu'un simple relent de charogne.

Quand le chasseur est là, il est trop tard. Il se tient debout devant la remise, j'entends qu'il déplace un à un les outils qui me séparent de lui. Avant de me trouver, il y a le corps de mon complice avec sa grande main, sa main fouineuse, qui s'interpose. J'entends les grattements et remuements qui vont m'extraire du trou où je suis prisonnière. La forteresse se fissure. Je commence à apercevoir de la lumière. Je n'arrive pas à savoir si je dois être contente ou triste. Le chasseur a vu, il dit Je te vois, alors mon complice lâche prise, il sort sa main de moi, il quitte la cachette. Les planches sont chamboulées, je vois la lumière du jour, et je vois la main et je vois aussi le chasseur devant moi, mon chasseur. Je reste là. Je ne parle pas. Je ne me manifeste pas. Je devine que la main et le corps de mon complice, maintenant qu'ils sont pris, sont devenus des auxiliaires du chasseur. Je devine que le retournement et la transformation ont eu lieu, le débusqué est devenu prédateur, c'est fait, c'est arrivé, son regard, son corps, son esprit et sa main fouineuse appartiennent au chasseur à qui il doit tout dire, tout ce qu'il voit. Mon chasseur. Tellement proche. Accompagné d'un autre que je hais pour sa force et sa brutalité silencieuses. Ils vont détecter ma présence et me désigner comme l'un des leurs. C'est inévitable. C'est fatal. Cela fait partie du jeu. Je ne sais plus ce que je souhaite. Dire que je suis là me délivrerait du temps qui passe et qui passe mal. Me taire me délivrerait du chasseur. Je n'ai plus envie d'être là, ni ailleurs, ni nulle part.

Les émanations du cadavre, repoussantes pour les hommes, constituent en revanche des signaux olfactifs puissants émis en direction de certains insectes. Ces insectes, volants ou rampants, viennent successivement habiter les cadavres, attirés par certaines odeurs spécifiques qu'ils dégagent durant les multiples épisodes de leur fermentation. On en distingue quatre catégories : les nécrophages, qui se nourrissent de la viande putréfiée ; les nécrophiles, qui se nourrissent des nécrophages ; les omnivores, qui se nourrissent à la fois des nécrophiles et du cadavre ; les opportunistes, qui, comme certaines araignées, utilisent le cadavre comme refuge. Ces quatre catégories se répartissent elles-mêmes en huit escouades, toutes prêtes à entrer en scène au rythme des modifications du substrat nourricier dont elles activent la dégradation. La première escouade composée essentiellement de diptères, mouches bleues pondant leurs larves dans les plis humides et les blessures, intervient au moment même où un sujet donné bascule de vie à trépas. La deuxième escouade constituée par les Sarcophagidae, carnivores alléchés par la décomposition des matières fécales, se nourrit directement de la charogne. La fermentation des graisses et des matières protéiques attire ensuite la troisième escouade, coléoptères et lépidoptères, qui se partagent le travail entre la ponte et la dévoration des chairs. Quatrième, cinquième et sixième escouades profitent des différentes humeurs du corps jusqu'à son dessèchement. Enfin, les Dermestidae et Tineidae racleront les tendons et les ligaments avant que les Tenebrionidae et Ptinidae n'éliminent les restes des escouades précédentes, pupes, larves, chrysalides, excréments et insectes morts. Mouches, papillons, coléoptères, acariens, araignées, scarabées noirs et rouges s'installent ainsi dans les corps humains, y remplissant des fonctions multiples. Ils pondent, mangent, se reproduisent, se cachent, se métamorphosent comme tout organisme vivant dont l'objectif principal est de se conserver et de se perpétuer. Et ils facilitent aussi le rôle d'enquêteurs perplexes qui les prélèvent sur des victimes grouillantes et puantes pour essayer de reconstituer l'histoire énigmatique, violente ou solitaire, de leurs derniers instants.

Le chasseur est face à moi, je le vois, il me voit mais il ne le dit pas, il n'exprime rien, son expression ne manifeste pas que je lui apparais.

L'autre non plus ne fait aucun geste dans ma direction, ils parlent tous les deux comme si je n'étais pas là alors que l'un au moins sait, l'un au moins connaît mon corps, sa chaleur, son tremblement, ses fissures, ses tissus, ses humeurs. Je ne bouge pas. Je me raidis. Je bloque mes poumons. Aucun air ne sort de mes orifices. Je fais le mort. Mes yeux se voilent. Mes lèvres se collent l'une à l'autre. C'est une expérience déroutante de se sentir de plus en plus opaque, de plus en dure et figée. Et aussi, malgré ce poids en soi, d'être pour l'autre transparente. Le chasseur face à moi sourit mais c'est un sourire qui ne m'est pas adressé. Il n'a pas l'air de m'apercevoir et pourtant je suis là, à quelques mètres, dans le fond de la remise, exposée, immobile, droite. Aucune main ne s'approche, aucune voix ne me nomme ou ne m'appelle, le temps s'arrête.

Mon chasseur et son nouvel auxiliaire partent. Je reste dans mon espace intermédiaire. Ni dehors ni dedans. Si parfaitement cachée que plus personne ne peut m'atteindre. Ils ne se retournent pas. Ils ne reviennent pas en arrière. Ils ne vont pas chercher les autres pour me déloger ou en finir avec moi. Je suis la dernière. Ils m'ignorent. Ils me lâchent. Je ne suis plus rien pour eux. Je ne mérite même pas leur regard. J'ai disparu sans le vouloir. Je suis retirée. Je suis exilée. Je suis transparente. Je suis invisible.

Alors je sors de ma cachette et je lève les yeux vers le ciel et je marche dans l'herbe et je dévale la pente et je traverse la rivière et je me plonge dans la mare et je monte vers les collines et je rejoins le petit bois et je cours vers une clairière et je m'étale dans la mousse et je m'allonge bras écartés sourire aux lèvres et je vois la terre tourner et j'ai le vertige et il y en a qui s'approchent et il y en a qui viennent et il y en a qui sont autour de moi et il y en a qui se penchent et je remarque leurs yeux à l'envers les yeux des gens à l'envers sont étranges et je leur fais des signes et ils ne répondent pas et ils ne me voient pas ils ne me désignent pas ils ne me nomment pas ils ne me reconnaissent pas ils ne m'aiment pas tous les joueurs sont là le chasseur et les chassés ils rient ils se touchent ils s'épaulent ils s'embrassent ils ont tous été trouvés ils ont tous été rattrapés ils ne sont plus séparés ils sont ensemble et il y a aussi mon complice avec sa main particulière sa main intime sa main fouineuse sa main impérieuse elle revient elle s'avance elle s'immisce elle passe d'autres mains la rejoignent beaucoup de mains elles se tiennent elles s'agrippent elles remuent elles tournent les yeux à l'envers ont de drôles de formes les bouches à l'envers ont de drôles d'ouverture et de drôles de dents en sortent de drôles de cris des susurrements des hululements des bourdonnements des chants je ne comprends pas ce qu'ils signifient je suis fatiguée j'ai soif j'ai faim j'ai gagné la partie mais quelle importance j'ai froid je suis mouillée j'ai de l'eau sur le visage et sur les bras et sur tout le corps je crie j'essaye de me faire voir je dis que je suis là j'appelle pour qu'on me délivre on ne me délivre pas les yeux à l'envers sont de plus en plus étranges les bouches à l'envers sont de plus en plus ouvertes je me débats pour les rejoindre j'ai la nausée mes lèvres sont sèches mes oreilles sifflent je suis dans un tunnel il y a une lumière blanche je suis projetée vers elle la cime des arbres flotte les feuilles bruissent j'ai le vertige je suis éblouie je suis comme une vitre je suis comme une fenêtre je suis comme une ouverture béante je donne sur le jardin je descends vers la rivière je traverse la mare je gravis la colline je cours dans le petit bois j'accède à la clairière je m'allonge dans la mousse je suis seule je suis tranquille je me suis esquivée je me suis éclipsée personne ne m'a vue j'ai gagné j'ai vaincu j'ai disparu ça ne me sert à rien je veux être avec eux je veux habiter avec eux je veux rire avec eux et tourner et danser et chanter j'ai des larmes dans les yeux la rage la douleur je veux vivre parmi les miens et j'attends j'attends encore et presque sans espoir qu'ils viennent et me trouvent et me reconnaissent et me recueillent et me donnent mon nom ou un autre n'importe quel nom pourvu qu'ils mettent fin à ma victoire.

J'ai voulu raconter comment on souffre de n'être pas regardée. Comment on souffre d'être regardée. Comment on s'y prend avec son corps pour que ce regard soit acceptable. J'ai voulu décrire la violence des jeux d'enfant. Mais à mesure que j'avance, la distance entre ce que j'ai voulu et ce que j'écris augmente. Je ne peux pas réduire l'écart. J'ai couru sur la montagne pour échapper à la mort. Ou plutôt à sa vision. À son emprise. J'ai couru et couru encore, mais au bout du compte elle était encore là. Elle était liée à l'espace et au territoire. Elle imprégnait chaque chose, chaque être, chaque plante. Elle n'avait pas de limite ni de contours, elle était moi et tout le reste. Elle était venue sans que je le sache, sans que je sois prévenue, sans que j'aie pris les armes et elle avait toutes les formes, ce qui m'empêchait de la combattre. J'ai compris qu'on ne la combat pas. On se laisse ouvrir par elle. On se laisse fouiller par elle. On l'accepte. On la supporte. On l'attend et quelquefois on l'appelle.

4.

Mes amis

Je suis sortie de la maison. J'ai oublié ce qui a précédé, j'ai quitté la pièce aveugle où je m'étais retranchée, j'ai laissé ma famille, je suis allée dehors. J'ai pris la direction de la gare, j'ai attrapé le premier train, j'ai vu défiler la terre, les champs, les silos, les maisons individuelles, les jardins clôturés, puis des routes, des nationales, des feux de signalisation, des ronds-points, des banlieues, des immeubles, des tours. Je suis entrée dans la ville. J'ai vacillé dans la lumière, dans le vacarme et l'agitation. J'ai arpenté les rues avec précaution. Je me suis glissée dans les interstices. J'ai marché seule, rien n'est arrivé. J'ai tourné la tête souvent pour voir si je n'étais pas suivie. Ni hordes, ni groupes, ni patrouilles, personne ne m'a appréhendée. J'ai été libre de mes pas. J'ai commencé à me sentir moins exposée. Hors de la maison, je n'étais pas en danger. L'hostilité avait changé de camp, elle était désormais à l'intérieur.

Paris est une grande cité pleine de dangers et de risques. J'ai évité les attroupements, j'ai été la plus discrète possible. Je me suis préparée au combat. Je suis restée aux aguets, prête à essuyer des échecs, des attaques, des tentatives d'incursion. Paris est un milieu hostile, Paris est une zone de conflits, un territoire qui fourmille de potentiels agresseurs, intrus, chasseurs, prédateurs. Je me suis tenue sur mes gardes. J'ai senti des passants me frôler, me scruter, me défier. Je n'ai pas réagi. Un jour, j'ai trébuché sur un homme couché au sol. Il ne bougeait pas, son corps, à l'horizontale, était détendu, ses yeux fermés. Je ne connaissais pas les usages de la ville. Je n'ai pas su si je devais m'agenouiller à ses côtés, le secouer violemment, le réveiller d'un coup de pied, passer mon chemin. N'avais-je pas le devoir de vérifier, à la fois par mesure d'hygiène et par humanité, que les corps étendus sur la voie publique n'étaient pas des cadavres? J'ai imaginé ce qui se passerait si je secouais cet homme vivant ou mort, j'ai envisagé les suites et les conséquences. Finalement, je ne me suis pas penchée vers lui, je ne lui ai pas parlé. Je me suis détournée, j'ai poursuivi ma route, j'ai appris à devenir une passante. Je ne suis plus une sentinelle, je n'ai rien à garder. Je m'adapte. Je me camoufle. J'adopte la stratégie intuitive et généralisée du citadin.

J'ai entamé une autre vie. J'ai cherché des têtes nouvelles, des voix nouvelles, des corps nouveaux. Je me suis habituée à la foule, aux visages multiples et différents, aux échanges rapides, aux frôlements, aux face-à-face anonymes. Je suis entrée dans le rythme. Je me suis accordée à la cité, à sa pulsation, à l'étendue immense de ce qu'elle offre quand on est tout juste majeure, dix-huit, dix-neuf et vingt ans à Paris.

Au lieu de marcher sans cesse, de parcourir, de traverser, j'ai commencé à me promener, à m'arrêter, à contempler. J'ai ralenti, je me suis assise, j'ai observé. Peu à peu des jeunes gens de mon âge se sont mis à marcher à mes côtés. Je ne les ai pas chassés. J'ai été moins méfiante. Certains se sont approchés. J'ai senti l'effroi m'envahir mais je ne les ai pas repoussés. Et comme ils ne manifestaient aucune agressivité, j'ai découvert que la proximité pouvait prendre des formes heureuses que j'ai eu envie d'expérimenter. Ces jeunes gens qui marchaient à mes côtés sont venus un jour puis sont revenus tous les jours. Tous les jours ils étaient là. Fidèles à la marche et à moi. Je les ai appelés mes amis. Ils ont été plusieurs et un seul. J'ai eu des amis. J'ai eu un ami.

Alice P. a perdu connaissance en octobre 2012 à Leningrad, lors d'un congrès médical où elle accompagnait son mari. Alors qu'elle était allongée à ses côtés et qu'un matin pâle s'insinuait sous les rideaux épais de la chambre d'hôtel, elle a éprouvé une douleur si considérable qu'elle a été prise au dépourvu. Elle a su tout de suite qu'il lui fallait décrire le plus précisément possible ce qui lui arrivait, elle a su que trouver les mots justes était indispensable si elle voulait faire comprendre à son mari, habitué par son métier à traiter des cas désespérés et peu enclin à s'affoler, qu'il devait appeler les secours sans tarder. Si elle n'avait pas réussi, par un effort de volonté, à transmettre à son compagnon la nature exacte de ses symptômes, elle aurait sans doute succombé à un fulgurant accident vasculaire cérébral.

J'ai un ami. J'en ai plusieurs. Je les vois à Paris, entre la rue Broca et la rue du Fer-à-Moulin, la rue Lacépède et la rue Mouffetard, la rue Pascal et la rue de Bièvre, au jardin du Luxembourg, sur le boulevard Saint-Germain, le boulevard Brune, et, un peu plus tard dans les rues Bichat, Maubeuge, Poissonniers, Notre-Dame-de-Nazareth, Rochebrune, Boinod, Ménilmontant et Rochechouart, je change de zone mais je ne change pas forcément d'amis, encore que si, un peu.

J'ai plusieurs amis. Cela me permet de rester encore et encore dehors, de m'éloigner de la maison, de la considérer de loin. Avec mes amis, je change ma position géographique, je vais vers le centre, je m'établis. C'est ma nouvelle maison. L'autre, l'ancienne, avec la pièce aveugle dans laquelle je me suis enfermée, devient floue, elle s'estompe. Ceux qui habitent dans la maison s'estompent eux aussi. Ils perdent leurs contours, ils pâlissent, ils s'éclaircissent, ils se dissolvent. En allant vers le cœur de la ville, je quitte définitivement les miens et les souvenirs qui y sont attachés. Je me déplace, je me distrais, je m'allège, je me soigne.

Je ne veux pas parler de Paris. Je veux parler de mes amis. Mais en même temps Paris et mes amis sont devenus indissociables.

Alice P. gît, nue, sur le lit de sa chambre d'hôtel. Des collègues de son mari se pressent autour d'elle. Au début elle est gênée d'être ainsi exposée nue à leurs yeux, puis la gêne passe. Tout devient vague. Des mains la tâtent, des voix lui parlent, elle s'éloigne, elle prend de la distance, elle quitte progressivement les autres pour se livrer tout entière à ce gouffre qui s'ouvre dans son crâne et la fend en deux.

Très vite, mes amis prennent une place considérable, toute la place. J'essaye de me ménager un petit espace propre afin de n'être pas entièrement sous leur coupe mais je passe mon temps à les attendre, et quand ils ne viennent pas, à leur en vouloir de ce qu'ils me font subir sans même en avoir conscience. Je hais la dépendance dans laquelle me mettent mes amis. J'ai tellement peur, c'est maladif. J'ai l'impression, chaque fois qu'ils tardent, se défilent, esquivent, s'absentent ou me négligent, qu'ils vont disparaître d'un coup. L'attente est insupportable. Pour prévenir cette situation, je suis obligée de passer d'une tête à l'autre, d'une voix à l'autre, d'un corps à l'autre, de changer d'amis. Je change d'amis. L'un après l'autre et parfois en même temps, ils entrent dans ma vie et s'y installent. Après je n'arrive pas à les quitter, en moi ils ont pris racine. Je tranche dans le vif ou ils le font, j'arrache ou ils arrachent, ils sont beaucoup plus résistants que toutes mes tentatives pour les haïr. Alors je les garde, je consens à les contenir tous, à leur appartenir.

Je raconte après coup. Je revois l'ensemble des épisodes, le début, le milieu et surtout la fin. Mais il faut que j'aille dans l'ordre, que je reprenne le fil de mes amitiés successives avec ces jeunes gens, mes amis donc, qui arrivent, qui occupent le terrain de ma vie puis qui s'en vont. C'est un mouvement fatal. Mes amis apparaissent et disparaissent. J'ai beau me révolter, me rebiffer, exiger ou supplier, c'est inutile. Au début je crois que c'est leur faute, qu'ils manquent de constance, de patience, d'attention. Et puis un jour, beaucoup plus tard, je comprends que c'est aussi la mienne. Et à partir de ce jour-là, je peux commencer à revenir sur le passé pour me l'expliquer.

Avant de sombrer, Alice P. a le temps d'alerter son mari, elle dit que son cerveau est une noix qu'on écrase, elle dit que le trou est profond, elle dit que ce qui se fend coule ensuite vers l'arrière, elle dit que sans lumière on n'avance pas, elle dit qu'elle est précipitée et tombe, que les fourmis dans son bras ne sont pas des fourmis mais des moutons.

La première fois, j'ai entre dix-huit et vingt ans. Je viens de quitter la pièce aveugle, celle où je me suis réfugiée pour fuir le monde extérieur et les mauvaises nouvelles qu'il véhicule. Je sors. Je marche dans la ville avec l'impression d'être toute nouvelle, intacte. J'ai oublié tout ce qui précède. C'est dans cet état d'exaltation et d'ignorance que je le rencontre, lui, mon premier ami. Pas un chasseur, pas un parent, pas une main ou un corps intrusifs. Juste un ami. La première fois que nous nous voyons, nous nous reconnaissons. Je reconnais le corps de mon ami et lui reconnaît le mien. Il se trompe peut-être, peut-être voit-il en moi quelqu'un que je ne suis pas. Et peut-être réciproquement le corps de mon ami remplit-il pour moi un vide. Il suscite ma curiosité, il aiguise mon désir de vivre, il occupe dans mon esprit un lieu qui avait déjà, en creux, sa forme, comme ces silhouettes peintes en blanc qui sur les trottoirs dessinent les contours de quelqu'un qui n'est plus là. Le corps de mon ami est familier. Le corps de mon ami est comme le corps d'un frère, c'est un corps ressemblant même si nous ne sommes ni du même sexe ni de la même famille. Mon ami et moi, nous avons le même corps, un corps semblable, équivalent.

L'histoire d'Alice P. est intimement liée à celle de son frère. Lui aussi a connu une expérience de mort subite, il est même allé beaucoup plus loin qu'elle, il est mort, il est mort vraiment. Le jour du mariage d'un de ses neveux, il a bu, il a ri, il a dansé comme un fou et quand il s'est assis, entre le fromage et le dessert, il est tombé d'un coup, infarctus massif, une chance sur mille de s'en sortir.

Mon ami et moi, nous ne parlons pas de ce qui nous taraude. En tout cas moi je ne dis rien. Je garde sous clef ce qui a précédé. Je n'ai pas la maîtrise suffisante de mes émotions pour raconter ce qui s'est passé dans la maison, faire le portrait de mes trois proches, relater l'attente, la mauvaise nouvelle, la disparition de la quatrième dont on m'interdit de voir le corps. Si je pouvais parler, je pourrais aussi expliquer le choix de la pièce aveugle, ma pièce à moi, celle dans laquelle je me retranche pour bloquer le cours du temps, pour imaginer l'invisible et le palper par la pensée, pour m'enfermer dans le manque en espérant que le manque est la forme la plus accomplie de la fidélité. Je me tais. Je me contente des expériences du dehors. Je marche et mon ami marche avec moi. C'est une circulation permanente, hasardeuse et heureuse, une manière nouvelle d'être à l'extérieur et de s'y plaire, avec tous ces gens inconnus qui foisonnent, s'éparpillent, disparaissent, reviennent et auxquels nous sommes attachés parce qu'ils nous ressemblent. Nous nous asseyons sur les chaises vert amande du jardin du Luxembourg, nous regardons le ciel, les palmiers en pot qui frémissent dans le vent, les bateaux miniatures qui tournent dans le bassin rejetés vers les bords par le jet continu et vertical de la fontaine centrale, les voiles se penchent dangereusement, les enfants récupèrent leurs navires avant échouage et emploient pour les diriger de longues tiges en bambou, on se croirait dans Marcel Proust, mon ami aime Marcel Proust, et moi aussi, il porte un canotier et observe les gens comme s'ils venaient juste d'être peints par Cézanne, Gauguin ou Modigliani.

Alice P. aime bien raconter l'histoire de son frère. Elle la trouve plus romanesque, plus accomplie que la sienne. Elle se retranche derrière cette histoire-là, celle d'un homme qui tombe et se relève.

Mon ami a l'avantage sur toutes les personnes que je connais de pouvoir parler sans tarir du visage des autres et de leurs transformations. Il a une connaissance infinie et extrêmement précise des visages, il les scrute, il les détaille, il imagine leur évolution, la manière dont ils vont s'assécher, s'arrondir, se rider, devenir, il est un collectionneur de visages. Son propre visage fait partie de sa collection, il l'observe, il s'applique des crèmes, des pommades, des masques, il en prend un soin disproportionné. Il pense qu'il peut, grâce aux traitements qu'il s'inflige, retarder la venue de l'âge. Je suis fascinée par ses gestes et par les mots qu'il utilise pour décrire toutes ces formes, ces plis, ces creux, ces expressions, ces rides. C'est avec lui que je découvre les lèvres ourlées, les paupières bistre, avec lui que ces couleurs et ces reliefs prennent une réalité autre que celle qu'elles peuvent avoir dans les livres. La découverte du corps de l'autre, ce sont les mots pour le dire. Et les mots, c'est mon ami et seulement lui qui les prononce.

Avant son accident, Alice P. a passé plusieurs années à étudier la médecine esthétique. Elle s'est prise pour cobaye afin de proposer ses services, en connaissance de cause, à des patients à la fois insatisfaits de leur apparence et anxieux de ce qu'on leur proposait en matière d'intervention. Elle s'est fait des injections de botox ou d'acide hyaluronique en état d'autohypnose, et elle a eu recours aux mains expertes de ses collègues pour se faire glisser des canules contenant du radiesse volumateur sous la partie superficielle de la peau. Elle a pu ainsi identifier la sensation douloureuse et bizarre qu'on éprouve quand le fin tuyau se promène dans le derme, entendre le bruit désagréable qu'il émet quand il traverse les fibres, et, de manière générale, comprendre plus directement les réticences de ses patients, leurs craintes et les hurlements qu'ils poussent à l'introduction en eux d'aiguilles et de corps étrangers.

En général, j'écoute mon ami, mais je ne dis rien. J'aurais trop peur en parlant que ne jaillissent aussi les expressions familiales, celles qui me rappellent ma maison. Je ne veux pas penser à ce qui m'a poussée à partir. Je veux aller de l'avant, toujours, avec des amis nouveaux, des têtes nouvelles, des corps nouveaux. Je parle peu, je pose beaucoup de questions. C'est un moyen comme un autre pour n'avoir pas à répondre de soi. Et pendant quelque temps, cette méthode me convient même si, je vais bientôt le découvrir, elle ne convient pas forcément à mon ami.

Au début mon ami répond. Parce qu'il est mon ami, il aime que je pose des questions et il aime y répondre. L'un parle et l'autre écoute, c'est notre manière d'être ensemble. Nous acceptons cette différence parce que nous pensons qu'elle est constitutive de nos tempéraments. Nous n'échangeons pas les rôles, ça pourrait mettre notre amitié en péril. Nous maintenons cette répartition bien que d'emblée nous sentions sa fragilité. Je ne pourrai pas toujours écouter mon ami parler sans lui répondre. Il ne pourra pas toujours parler sans me poser des questions. Il faudra un jour ou l'autre que nous échangions nos places pour lancer une vraie conversation. Il faudra que je fasse entrer dans ma vie présente, dans mes déambulations présentes et dans ma parole la maison que j'ai quittée, les corps vifs et morts que j'ai laissés derrière moi, les images qui me hantent, les raisons pour lesquelles j'ai fui. Tant que ce passé sera étouffé, mes relations avec mon ami, si intenses soient-elles, seront limitées. Je le sens, lui aussi.

Pourtant, je continue à marcher avec lui, à l'écouter, à regarder en sa compagnie les visages, les corps et les silhouettes qu'il me décrit. Je fais diversion, lui aussi.

En raison des opérations esthétiques qu'elle a subies, le visage d'Alice P. est difficile à déchiffrer. Elle utilise son visage et l'histoire de son frère pour se retirer.

Mon ami et moi, nous ne pouvons pas nous quitter. Nous sommes liés parce que nous avons le même corps. Je veux dire, un corps équivalent, semblable, un corps familier. Le sexe ne joue aucun rôle dans cette ressemblance, nous pouvons faire l'économie du sexe, il passe au second plan, débordé par un impératif plus fort : la nécessité impérieuse que mon ami a de parler et celle tout aussi impérieuse que j'ai de me taire. Nous profitons de nos besoins respectifs pour nous adosser l'un à l'autre. Nous sommes deux amis. Nous sommes forts. Nous n'avons envie ni de changer ni de nous séparer.

À chacune de nos rencontres, nous retrouvons ce qui nous lie si fort, tous ces mots qu'il prononce pour lui et pour moi, comme si je vivais par procuration dans son monde à lui, dans ses désirs à lui, dans ses yeux à lui. Nous reconduisons ce moment joyeux où on découvre que l'autre possède quelque chose qu'on n'a pas, dont on a besoin et dont lui n'a aucun usage.

Nous nous complétons. Nous nous emboîtons. Nous partageons. Nous refusons le combat, la chasse. Nous espérons que dans le vaste monde il y a une place pour quelqu'un qui parle et une autre pour quelqu'un qui écoute. Mais le vaste monde se moque bien de nos espoirs, il est plus cruel et plus indifférent que nous. Il n'y a de place ni pour l'un ni pour l'autre. Ou plutôt, pour entrer dans le vaste monde, il faut en occuper une, oui, il faut la prendre.

Après une danse endiablée, le frère d'Alice P. s'effondre. Le mari d'Alice se précipite, lui fait un massage cardiaque, maintient la pression, les pompiers arrivent, on emmène le frère, il survit, il le regrette. Il aurait préféré sombrer doucement, c'était tellement délicieux de disparaître, il voyait des lumières jaunes et rouges qui le guidaient vers le fond, il progressait vers elles et allait les toucher, le mari d'Alice l'en empêche, le mari d'Alice lui vole le grand plongeon et lui maintient, contre sa volonté, la tête hors de l'eau alors qu'il allait s'enfoncer dans la joie, de l'autre côté, là où les silhouettes de ses parents lui faisaient signe, elles étaient habillées de blanc, elles souriaient, elles l'appelaient, il éprouvait un bien-être extraordinaire, une chaleur montait en lui du bas vers le haut et lui procurait un plaisir inconnu, il se rapprochait des silhouettes, il allait enfin les atteindre et se fondre dans le blanc éblouissant de leurs vêtements, il allait briller avec elles, projeté en un éclair au milieu d'un univers sans limites, quand une pression plus forte lui brise les côtes, il se réveille.

À vingt ans, mon ami et moi n'avons pas envie d'entrer dans le jeu, choisir un métier, nous projeter dans l'avenir, grandir, aimer, mûrir. Nous voudrions continuer à arpenter sans but les rues de Paris, admirer les façades d'immeuble sans y pénétrer, nous émerveiller devant les visages croisés au hasard, nous adonner à l'éternelle oisiveté. Nous vagabondons, nous stationnons aux terrasses des cafés, nous sillonnons des terrains en voie de destruction, nous longeons des palissades, des murs infranchissables, aussi beaux à contempler que des monuments. C'est notre manière de résister. Nous retardons le moment de choisir, nous aimerions rester dans cet état intermédiaire le plus longtemps possible. Nous refusons de nous engager, de nous compromettre. Nous avons bien du mal à nous adapter. Il faut occuper une place. Il faut la choisir et il faut la prendre. Nous voyons cette place se dessiner dans l'avenir, une vie réglée, un travail, des enfants, nous repoussons le moment de l'occuper. C'est comme s'il nous fallait lutter contre notre propre devenir, nous maintenir coûte que coûte dans une situation à la fois inconfortable et enivrante. Le désœuvrement est plus facile à supporter quand on est deux.

Après son retour à la vie, le frère d'Alice P. retrouve pendant quelques mois un quotidien qui lui pèse, la même femme, les mêmes enfants, le même travail, les mêmes loisirs. On ne peut pas toujours mobiliser son énergie pour sortir de l'impasse, alors on se couche, on s'effondre, on passe l'arme à gauche c'est une petite lâcheté qui peut parfois avoir des conséquences positives. Dans le cas du frère d'Alice, la mort a été une stratégie très utile.

Et puis cela arrive, le doute, l'anxiété, le soupçon entrent. Mon ami aimerait que quelque chose change. Il est agacé par mes questions. Il répond avec moins d'empressement. Il s'assoit au jardin du Luxembourg, il regarde les gens passer, il décrit encore pour moi leur visage et leurs postures et leurs ridicules et leur beauté mais cette description se creuse, se vide, elle n'est plus reliée à nos personnes respectives, la voix de mon ami se refroidit, elle devient métallique. Jusque-là les mots de mon ami servaient et participaient à notre manière d'être ensemble. Nous étions ensemble dans ses mots à lui, nous nous immergions dans le flux de ses phrases, elles nous maintenaient l'un et l'autre à l'abri du monde. Et voilà que la machine se grippe. Mon ami attend autre chose. Il change de rôle. Il sort du cadre. Il me pose des questions évasives puis directes, des questions sur mon passé, sur mon histoire, sur ma maison. Il me sort de ma contenance, de ma léthargie, de mon silence, il sollicite ma parole, je ne peux répondre à sa demande.

Dans l'amitié, l'égalité ne vaut rien. L'emboîtement des esprits consiste à trouver en l'autre ce qui en soi manque. Nous ne sommes pas égaux dans l'amitié. Par exemple, il y en a un qui parle et l'autre qui écoute, du moins c'est ainsi que m'apparaît, dans le lointain où maintenant elle se tient, cette première grande amitié. L'égalité n'est qu'une fiction nécessaire pour essayer de construire un monde où nous pourrions vivre ensemble.

Le frère d'Alice P. revient du pays des morts avec une idée fixe, celle de déclarer enfin son amour, un amour interdit et ancien, l'amour qu'il éprouve depuis l'enfance pour sa cousine, quelque chose de presque incestueux qu'il a mis trente-cinq ans à admettre. Il ouvre les yeux, il doit se mettre en mouvement, le temps presse, il faut faire vite, il a quarante-neuf ans, il quitte son travail, il quitte sa femme, il quitte ses enfants, il retrouve son amour de jeunesse, il lui avoue ce qu'il n'a jamais osé lui avouer auparavant, elle l'écoute, elle répond, elle l'aime aussi, ils partent ensemble dans une autre ville. Même s'il en veut encore au mari de sa sœur de lui avoir volé sa mort, il se félicite de cet épisode inattendu et dramatique qui lui a permis de mettre fin à des années de mensonge.

Mon ami et moi, nous vacillons. Nous entrons dans une turbulence. Nous sommes moins confiants, moins indulgents l'un envers l'autre. Nous commençons à voir nos corps respectifs, différents, l'un est homme, l'autre est femme, nous ne pouvons plus nous adosser l'un à l'autre ni nous confondre. Nous sommes séparés par nos corps et nos envies, qui, pour une raison inexplicable, se dissocient. Nous sommes moins forts.

On ne peut pas vivre ensemble. On perd l'autre. On doit le perdre. Il n'y a aucune égalité qui vaille. Et aucune inégalité non plus.

On peut utiliser l'amitié comme alibi ou comme mobile, faire appel à elle pour justifier ses actes, ses choix, ses objectifs, à condition d'estimer qu'elle donne de l'énergie, qu'elle inspire, motive, excuse. Qu'on soit innocent ou coupable, l'amitié, si elle en vaut vraiment la peine, fournit l'occasion de se projeter avec assurance vers l'avenir et d'être fière de soi. Mais à vingt ans, quand on retient ses émotions et ses mots, quand les larmes ne viennent pas, ni la tristesse ni la colère, quand le passé est confisqué, arrêté, gelé, on n'est pas fière, on a honte, on n'a pas fait ce qu'on pensait devoir faire, on est en deçà de ses aspirations, on se sent faible, exposée, on a des remords, on regrette.

Alice P., son frère et son mari sont médecins. Toute la famille parle le langage des corps, des maux, des symptômes, des diagnostics, des remèdes, des crises, des attaques, des changements d'état et d'apparence, le frère tombe quasi mort un soir de fête, la sœur fait une hémorragie cérébrale brutale, le mari sauve. Ils savent tous trois que les événements physiques s'impriment dans les organes et dans les têtes, ils ne craignent pas ces métamorphoses, ils rationalisent, ils dédramatisent pour ne pas être journellement hantés par le drame annoncé de leur mort. Soigner et être soigné, c'est conjurer la panique.

Il faut que je donne un exemple. Il faut que j'entre dans le vif du sujet. J'ai dix-huit ans. J'ai vingt ans. Je me suis retranchée dans la partie la plus désolée de la maison. Je me suis réfugiée dans la pièce aveugle pour éviter d'entendre ce qu'on avait à me dire, pour fuir la mauvaise nouvelle qu'on avait à m'annoncer. Je n'ai pas reçu la nouvelle. Je l'ai refusée. J'ai annulé les faits, je les ai empêchés de s'introduire. J'ai rigidifié, j'ai durci tout le réel, je l'ai refroidi. J'ai fait comme si ma vie était identique, avec les mêmes repères qui organisent tout l'espace devant soi, deux parents, deux enfants, quatre silhouettes, la mienne à côté d'une autre, égale et plus âgée, l'aînée avec la cadette, je suis la cadette, elle est l'aînée, je parle d'elle à la troisième personne, je ne sais pas comment la nommer, je n'arrive pas à l'exclure de ma phrase mais je n'arrive pas non plus à l'intégrer, je tourne autour d'elle, je m'approche, ça brûle, je m'éloigne, ça brûle tout autant, elle est entrée dans mes rêves et elle y est restée, sa disparition a changé le rapport que j'entretenais avec les pronoms personnels, je ne peux plus m'adresser à elle, je suis obligée de l'inclure dans cette troisième personne qui la met loin, elle est loin dans les mots mais elle est près dans les corps, nous sommes l'une et l'autre ensemble dans une configuration familiale symétrique, régulière, une figure géométrique à quatre côtés qui s'étend autour de moi comme une toile et m'empêche d'avancer. Je reste sur place, je bouge le moins possible pour ne pas rompre la structure fragile que j'ai inventée et qui n'existe plus. J'annule le vide. Ma sœur, toujours à mes côtés quels que soient mes gestes, toujours absente quelles que soient mes décisions, est abolie mais puissante, plus puissante que n'importe quel vivant ou n'importe quel ami, plus puissante que moi-même.

Alice P. est surprise de la facilité avec laquelle on s'éteint, de la simplicité de cet événement, on en fait toute une histoire alors qu'en réalité, malgré la souffrance physique, c'est une aventure presque douce. En agonisant, on sécrète des endorphines, on s'anesthésie soi-même, on accède à un état d'indifférence et presque d'ataraxie. Tout le monde devrait connaître au moins une fois cette expérience provisoire qui réconforte, apaise et réconcilie avec sa propre mort et celle de ses proches.

Dans la famille, les enfants ne sont pas égaux, ils ne grandissent pas de la même manière, ils ne partent pas de la même manière ni avec le même bagage. L'égalité n'existe pas. Personne n'est équivalent à personne. On nous fait croire à ces fictions pour retarder les conflits, les prises de conscience et les déchirements. Mais entretenir ces illusions les accélère. Bien qu'incomparables, nous nous comparons et nous souffrons de cette comparaison parce que l'un est plus fort que l'autre, l'un est plus aimé que l'autre, l'un est plus rusé que l'autre, l'un est plus jeune que l'autre. J'ai été la plus jeune, c'est ce que je suis en train de raconter. J'ai été la plus forte, c'est ce que je suis en train de raconter. Il n'y a pas d'égalité. Je me précipite dans l'amitié pour oublier cette découverte, et l'amitié un jour ou l'autre m'y replonge.

Mon ami fait écran, mon ami me protège, il me maintient provisoirement dans une région où aucune de mes silhouettes familières ne peut me rejoindre. Il oppose sa présence à mon passé. Il m'emmène dans des espaces vierges, des lieux où mes crimes sont abolis, mes fautes ignorées, où aucun des membres de ma famille n'a le droit d'entrer. Il m'offre un refuge, il me fournit un alibi, il cautionne et justifie mon silence, je me tais parce qu'il parle et il parle parce que je me tais. Il est mon nouveau foyer.

Du plus loin que je me souvienne, j'ai fait ce rêve dans lequel je dois fuir les membres de ma famille, me cacher, courir pour ne pas qu'ils me rattrapent et me punissent. Je ne sais pas de quelle faute je suis coupable mais je sais en même temps que j'ai commis l'irréparable. Alors je cours haletante, terrifiée, et je me réveille toujours avant qu'ils ne mettent la main sur moi. D'un côté, le rêve finit bien puisque je suis sauvée, de l'autre il finit mal puisque jamais je n'arrive à percer le mystère de ma faute, à en connaître exactement le contenu et l'origine. Sans doute ai-je perpétré un crime abominable, mais je n'en ai aucun souvenir. Dans ces conditions, mieux vaut, dans la vie éveillée, rester discrète et adopter la stratégie du camouflage.

Alice P., dans son cabinet de médecine esthétique, sculpte son visage et celui de ses patients pour que les traces imprimées à la surface de la peau par les aléas de l'existence soient atténuées. Cela exige des interventions coûteuses, longues, éprouvantes, il faut être résistant, accepter des piqûres, des ouvertures, des incisions, des pertes, des suintements, opérations dont on ne sait au final si on doit les désirer ou les craindre. Il y a en effet quelque chose de paradoxal à espérer que le résultat obtenu soit durable dans la mesure où il provient bien souvent des réactions virulentes que l'organisme oppose à l'intrusion en lui de substances ou d'éléments étrangers. Gonflement du visage, changements de couleur et de texture de l'épiderme, production inhabituelle de collagène censé donner de l'élasticité aux joues sont les manifestations inflammatoires par lesquelles le corps se défend, manifestations dont on devrait souhaiter qu'elles soient le plus éphémères possible. Visages regonflés artificiellement, lèvres pulpeuses ou fesses rebondies par divers artifices rappellent que le corps résiste à sa transformation et que cette résistance le déforme. Beaucoup plus que les rides, les cernes, les affaissements et les mollesses liés à l'âge, ils donnent au temps avec une violence à la fois douloureuse et risible une apparence cicatricielle.

Je pourrais raconter à mon ami mon rêve récurrent, je m'abstiens. Je garde le silence le plus longtemps possible. Mais le silence, quand il dure trop longtemps, devient intenable. Il contamine tout le reste, il s'insinue dans tous les gestes, toutes les expressions, tous les mots et toutes les attitudes. Comme un mensonge, il grandit, tous les mensonges, même les plus anodins, les plus infimes, grandissent par un effet boule de neige. Le mécanisme de l'omission oblige à une attention sévère et sans faille, un contrôle sur soi-même d'où toute improvisation, toute joie inédite, tout élan sont bannis. Le silence m'exile. Alors mon ami va me chercher là où je me suis retirée. Il pousse la porte derrière laquelle je suis barricadée. Il entre dans la pièce froide où je séjourne. Il tente de forcer le passage. Sur le seuil, nouvel intrus dans mon existence, il me propose de parler. Pourquoi gardes-tu le silence? dit-il. Et au lieu de répondre, je lance une autre question, qui est ma manière de me défendre, de lui interdire l'accès, de le repousser: pourquoi parles-tu autant? Les deux questions tourbillonnent, nous essayons de les esquiver pour que leur pointe ne nous atteigne ni ne nous blesse. Dans Paris, de Saint-Étienne-du-Mont à la bibliothèque Sainte-

Geneviève, de la Sorbonne au Luxembourg, de la rue Mouffetard à la rue de Bièvre, nous traînons nos basques en cadence jusqu'à épuiser toutes les questions.

Alice P. paraît heureuse, épanouie, joyeuse, curieuse, bavarde. Elle parle volontiers de son accident vasculaire cérébral et des états altérés de la conscience qu'il a générés. Pourtant, sur les conséquences exactes de son accident et la manière dont il l'a obligée à reconfigurer son existence, elle reste étonnamment évasive.

Le silence entre mon ami et moi est devenu massif, il a un poids, il a une densité, il a une présence, il s'est dressé entre nous comme une muraille, il nous sépare. Nous sommes moins proches. Le doute croît, la méfiance naît. Nous marchons encore l'un à côté de l'autre mais nos marches sont moins enjouées, nous nous tenons à distance. Mon ami perd de l'ampleur, de l'envergure, il rétrécit, il est en passe de devenir l'une des silhouettes floues et indistinctes qui peuplent mon existence. Je le vois sur le trottoir d'en face, il se découpe à contre-jour sur les façades, il ne s'arrête pas toujours quand il me reconnaît, je lui fais un signe de la main, parfois il répond distraitement, parfois, comme si de rien n'était, il passe. Je lui emboîte le pas, je le suis, il marche vite, il rejoint de nouvelles zones, il se promène dans d'autres quartiers, il arpente de nouveaux territoires, il poursuit d'autres corps, d'autres visages dont il ne me dit rien, il s'absente de plus en plus, il esquive, je pratique des filatures discrètes, je tente de l'atteindre, il va plus loin, j'ai beaucoup de mal à le suivre.

Mon ami est en train de partir, il faut que je le retienne.

Dans sa jeunesse Alice P. a déjà connu des expériences limites qui ont bouleversé son existence. Un jour, alors qu'elle passait la journée avec son fils de quatorze mois, il s'est coupé avec une bouteille, il a eu quatre tendons sectionnés, il y avait du sang partout sur les murs. Elle a sans doute commis une erreur, fait preuve d'inattention. L'enfant a entièrement récupéré mais il a failli perdre la main et la vie. Cet épisode a durement touché Alice. Elle a déclenché une maladie auto-immune. Comme son nom l'indique c'est une maladie qu'on s'inflige à soi-même. Le corps ne reconnaît plus ses propres cellules, il les considère comme des envahisseurs à éliminer au plus vite. Bien avant son épisode de mort imminente Alice P. est devenue pendant quelques années sa propre ennemie.

Après des semaines d'inquiétude, de rencontres fugaces, de conversations maladroites et gênées, je prends les devants. J'appelle mon ami au téléphone, je lui demande de ne pas s'absenter, je lui explique que j'ai besoin de marcher avec lui, d'arpenter nos territoires, d'écouter nos pas. De vivre en cadence. Je lui reproche de partir, je fais comme si je n'étais pas triste mais furieuse, je manifeste ma colère qui est une colère de façade, les colères de ceux qui se sentent trahis, humiliés, abandonnés, qui ne veulent pas être seuls. Je ne veux pas être à nouveau confrontée à une annonce qui vous dévaste parce que vous ne savez pas comment la rendre intelligible. Perdre quelqu'un qu'on aime est incompréhensible, inadmissible et révoltant. Il faudrait interdire de telles pratiques, le départ, la séparation, le suicide, la mort auraient dû faire l'objet de réglementations drastiques. Personne n'a pris la peine de réfléchir juridiquement aux contrats implicites par lesquels un humain s'engage à l'égard d'un autre humain, personne n'a rendu illégaux les ruptures, les relégations, les séparations, les départs. Je parle pour la première fois mais je n'explique pas la raison exacte de mon silence. Je ne précise pas que je suis hantée par la mort, que je veux à tout prix lui rester fidèle, que je crois bêtement que rester fidèle à une défunte, c'est ne plus jamais prononcer son nom, c'est l'abolir par excès de zèle. Je ne lâcherai pas ma peine, ni ne la donnerai en pâture à quelque ami que ce soit. Je resterai digne et fermée, dure comme le marbre. Et si mon ami me quitte, je vivrai dans l'impossible, je ne peux même pas imaginer ce que deviendrait Paris sans mon ami.

Ma plainte et ma colère restent sans effet. Il faudrait que je brise le silence qu'autour de moi j'ai construit pour avoir une chance de retrouver mon ami, je n'en ai pas les moyens, je n'arrive pas à changer si vite, je suis démunie, inconsolable, muette, close, fidèle à la promesse que je me suis faite. Mon ami est en train de partir, je ne sais pas comment le retenir.

Le jour de sa mort imminente, Alice P. a bien du mal à exprimer ce qu'elle ressent à cause des injections de botox qu'elle a faites avant de partir. Aucune grimace, rictus, mimique ne peut trahir et exprimer la douleur qu'elle éprouve, son visage est désespérément impassible, figé, lisse. Malgré ses efforts, elle n'arrive pas à se composer une physionomie adéquate à ses émotions. Alice P. n'a pas le visage de circonstance.

Mon ami ne me contacte plus. Je me promène seule au jardin du Luxembourg, j'essaye de me décrire à moi-même les visages comme il me les décrivait, je répète les mots, paupières bistre, lèvres ourlées, mais dans ma bouche ces expressions sonnent faux et ne me rapprochent pas de celui que je suis en train d'invoquer et de perdre. J'erre dans la ville. Je suis indifférente à ceux qui me côtoient ou qui me touchent. Je regrette presque le temps de mes premiers pas dans la cité étrangère, quand j'étais inquiète, vigilante, aux aguets. Le dehors n'est plus hostile mais sa familiarité me pèse. Si je ne retrouve pas mon ami, je pleurerai en cachette, quitterai la ville, prendrai la route, chercherai des contrées inexplorées, accéderai à l'indifférence, cesserai d'aimer.

Contrairement à son frère, Alice P. n'a pas utilisé son accident vasculaire cérébral pour changer de vie. Son désir d'explorer les mystères de la conscience est resté intact, sa croyance dans l'avenir est restée intacte, la peur démesurée qu'elle a toujours eue de perdre l'un de ses enfants s'est calmée, la mort arrive et elle ne fait pas si mal, on se raconte le drame d'une perte insupportable et en fait on la supporte, on supporte beaucoup plus qu'on ne croit.

Mon ami m'envoie une lettre. Je comprends malgré ses mots rassurants que c'est bel et bien fini. Mon ami me quitte. Sous des dehors généreux, « si tu viens vers moi c'est avec plaisir et amour que je t'accueillerai », la lettre est cruelle, elle sépare, elle coupe, elle déracine. Elle m'envoie dans le monde des morts, elle me reproche d'y être restée et de faire en sorte que les autres avec moi y stagnent. C'est une lettre dont la douceur est accusatrice. Dans les espaces froids, figés, glacés dans lesquels je circule, personne ne peut vivre. Il faut que je sorte de là. Il faut que je guérisse. Quelqu'un, mon ami, rompt le fil, il me secoue, il me prie de réagir comme s'il me faisait une faveur, comme s'il m'offrait la possibilité de m'exercer enfin au travail dangereux de vivre. Il dit que je dois prendre le risque.

J'ai la lettre de mon ami. Je la regarde, je la survole et parfois je la relis. Il rompt mais, grand seigneur, il laisse la porte ouverte. Il me lance un appel, il envisage l'avenir. Si un jour tu veux ou peux sortir c'est avec amour que je t'attendrai, dit-il. Quand je serai guérie, je pourrai retourner à ses côtés. Quand je n'aurai plus mal, il pourra me consoler. Quand je ne serai plus hantée par les morts, il y aura pour moi de la place près de lui. Son appel reste sans réponse. De toute façon que pourrait-on répondre à quelqu'un qui vous affirme que vous n'êtes pas en vie ?

Je croyais avoir jeté la lettre de mon ami, je l'ai retrouvée. J'ai retrouvé cette lettre. Je l'ai cherchée dans un carton fermé au scotch de déménageur, j'ai déchiré le scotch et j'ai fouillé à l'intérieur. Il y avait les lettres de mes autres amis, ceux dont je n'ai pas parlé et qui n'ont pas tous eu le même sort. J'ai sorti les lettres, je les ai feuilletées, j'ai redécouvert des anecdotes, j'ai vu écrits des noms dont je ne sais même plus à qui ils appartiennent, j'ai lu des allusions à des faits oubliés, j'ai appris ce qui s'était passé pour tel ou tel le soir du 25 décembre 1989, j'ai été mystérieusement émue par l'amoncellement de ces bribes, mon histoire étrangère. Je suis devenue étrangère à moi-même. Et c'est de cette manière-là, comme nous faisons tous à un moment ou à un autre, que je suis sortie de mon mutisme, ma forteresse.

Encore aujourd'hui, Alice P. garde ses secrets. Elle revendique le droit à se refaire le visage et à mentir.

Elle se méfie de ceux qui prétendent qu'ils ne mentent jamais, le mensonge est nécessaire, inévitable, bienfaisant, le tout est de savoir pourquoi on ment et à quoi ça sert. Alice P. n'est sûrement pas morte pour rien mais il y a des chances pour que personne ne sache à quoi cette mort lui a servi.

Dans une enveloppe que j'ai immédiatement reconnue parce que j'ai reconnu l'écriture nette de mon ami, il y avait la lettre. La date inscrite m'a surprise, elle n'était pas si vieille, vingt ans, pas plus, moi qui voyais cette lettre comme une chose beaucoup plus ancienne. J'ai compris que mon ami avait mis du temps à l'écrire, qu'elle couvait depuis des années et qu'il avait hésité à envoyer ce mot dont il savait qu'il aurait un effet définitif. Cette lettre nous a séparés. Elle a marqué une fin même si les mots de la fin n'étaient pas dans la lettre. Elle a reconduit la perte, toujours la même, une perte si douloureuse que j'ai fait comme si elle n'avait pas existé. J'ai ignoré une fois encore la perte. Je l'ai niée. J'ai posé la lettre dans un coin après l'avoir parcourue, j'ai estimé qu'il n'y avait aucune réponse possible. On me demandait de parler, je ne pouvais pas le faire. « J'ai besoin de te voir vivre pour t'aimer, disait la lettre, pour l'instant réfléchissons. » Je n'ai pas eu envie de réfléchir. J'ai rangé la lettre soigneusement, je ne me souviens plus de ce que j'ai pensé alors, je me souviens seulement que j'étais dévastée, furieuse, triste, je venais de perdre un ami.

Je me suis éloignée à jamais. Je n'ai pas pu ouvrir mon cœur à mon ami, répondre aux questions qu'il se posait ou même essayer de lui raconter pourquoi c'était tellement difficile. Je ne l'ai pas revu. Je ne lui ai pas écrit. J'ai laissé cette lettre dans le carton de toutes les lettres d'amis et j'ai fait semblant de l'oublier. Je me suis menti à moi-même parce qu'il était impossible d'affronter cette perte, celle qui a précédé, toutes celles qui ont suivi. J'ai accumulé l'impossible. J'ai appris à l'ignorer, malgré le poids croissant qu'il opposait à mon avancée.

Je relis cette lettre, vingt ans après les faits. Des mots que j'ai dû prononcer y sont transcrits entre guillemets. «Je n'ai rien à dire, en moi il n'y a rien.» Ai-je un jour prononcé cette phrase? me suis-je défendue avec autant de virulence? Si c'est le cas, je pense à celle que j'ai été avec pitié et je regrette et j'ai honte et j'ai beaucoup de remords. Et la cruauté supposée de cette lettre se mue aujourd'hui en une proposition, en un constat, en un appel, en une excuse. «Je ne peux plus le supporter, dit la lettre, c'est trop lourd, j'ai essayé mais je n'y arrive plus, je suis obligé d'abandonner.» La lettre est résignée là où je la voyais piquante. Elle est douce là où je la voyais dure. La lettre a changé de nature ou sans doute ai-je changé, moi, de sorte que la lecture que je fais de la lettre n'est plus la même. C'est donc, me dis-je, que je peux aujourd'hui parler, c'est donc que j'ai en partie vaincu la douleur de la perte.

Je me suis rappelé que nous avions été graves, mon ami et moi, j'ai espéré la légèreté. Je me suis rappelé que j'avais fui, couru, détalé, j'ai espéré que ma course et la vigueur inquiète de mon pas se calmeraient. Je me suis rappelé que je me cachais, j'ai espéré qu'on me retrouverait. Je me suis rappelé que j'évitais les questions, j'ai espéré pouvoir un jour y répondre. J'ai rencontré d'autres gens, j'ai eu d'autres amis. Certains ont été plus patients ou plus indulgents ou plus indifférents ou plus aimants et d'autres non. L'un après l'autre et parfois en même temps ils sont entrés dans ma vie. Ils s'en sont allés. D'autres sont venus qui s'en iront aussi. Je les accueille tous. Avec le temps, je comprends que cet accueil est définitif. Plus jamais, même après les disputes les plus radicales, les fuites, les esquives, les absences momentanées et les disparitions définitives, ils ne quitteront mon existence. Ils seront là, à l'intérieur de moi, plus tenaces que toutes mes tentatives pour les exclure. Je tranche dans le vif ou ils le font, j'arrache ou ils arrachent, je coupe, ils coupent, je démolis, ils résistent. Alors je les garde, je consens à les contenir tous, à leur appartenir.

Quand je m'allonge à l'horizontale
et que je pose mes mains de chaque côté de mon corps
bien à plat
ou croisées sur ma poitrine
un peu à la manière qu'ils ont
de les présenter à la famille
avant de fermer le couvercle

et quand suite à cette position que je prends
je finis par m'endormir

ils viennent

pas seulement les morts
les vivants aussi
ceux et celles
que pour des raisons à la fois puériles et très complexes
je ne fréquente plus
les amis anciens

les perdus
les lointains
avec qui j'ai eu une dispute radicale
une explication
ou ni dispute ni explication.

C'est une perte définitive
mais pas si définitive que ça en somme
puisqu'ils reviennent
dans mon sommeil
ils me parlent
ils me disent pourquoi ils sont fâchés
ou je leur dis pourquoi je suis fâchée
ou je leur dis pourquoi ils sont fâchés
on met les choses au clair
ça soulage.

Quand on se fâche avec un ami
on fait comme s'il était mort
bien que ce ne soit pas du tout pareil
d'être mort ou d'être vivant
du moins je crois.

Quand on se fâche avec un ami
on l'atomise
on le disperse
on le transforme en ectoplasme gazeux
c'est plus pratique pour faire le vide.

Parfois il fait des apparitions
quelqu'un prononce son nom
sa silhouette se découpe furtive

dans nos quartiers
on l'évite.

On le retrouve après
la nuit
sous sa forme fantomatique
et on lui règle son compte
ou on lui dit qu'on l'aime
ou on lui dit qu'on ne l'aime pas
ou on lui dit qu'on ne l'a jamais aimé
ou c'est lui qui nous le dit
de toute façon on comprend bien au réveil
que l'ami en question n'était pas vraiment là
et qu'on a parlé toute la nuit par sa bouche.

Quand on se fâche avec un ami
dans la nuit
on prend sa place
sa voix
son sourire
et on parle on parle on parle
c'est sûrement qu'on est en déficit
on est en déficit d'explication.

C'est encore arrivé hier
à l'horizontale
il m'est apparu dans mon sommeil
il m'a regardée sans rien dire
avant de se lancer dans une diatribe
dont l'essentiel m'a échappé
j'ai juste retenu qu'il était en colère
que ça n'allait pas s'arranger

il valait donc mieux que je me taise
que je rentre les épaules
et que je me réveille
c'est d'ailleurs ce que j'ai fait
et je me sens beaucoup mieux.

Des fois je me dis que ce serait tellement plus pratique
de ne plus en entendre parler
de ne plus connaître son nom
de l'oublier.

Mais à l'horizontale
je ne sais pas pourquoi
sans doute une histoire de respiration
d'abandon
de fluide
je les laisse s'approcher
me tourmenter
creuser en moi
travailler ma peine
ils sont une partie de ma vie
qui s'en va.

J'ai appris avec le temps
à ne pas les retenir
à les laisser partir
où ils veulent aller
mais la nuit
je ne sais pas pourquoi
j'oublie ce que j'ai appris
alors ils reviennent.

C'est presque contre ma volonté
contre mon désir
contre ma tranquillité
mais c'est comme ça
je n'ai pas encore trouvé
comment on contrôle
jusqu'à son sommeil.

J'ai appris pourtant
qu'on ne doit pas insister
qu'il y en aura d'autres
que les séparations sont inévitables
sont nécessaires
sont bénéfiques
etc. etc.
mais la nuit
quand je suis à l'horizontale
j'oublie ce que j'aurais dû retenir
alors ils reviennent.

5.

Le retour

Maintenant c'est derrière moi. J'ai passé l'âge de jouer à cache-cache, de rester enfermée dans ma maison, de me détourner des morts, de me taire. Je m'approche de ce qui est caché, ce qu'on n'a pas le droit de voir. Je dis Je veux voir, mais ce que je dis ne m'empêche pas bien des fois d'esquiver certains spectacles, de me dérober à l'injonction intérieure. Regarde. Je me dérobe. Je me défends mais je me dérobe. Regarde ce que j'ai à te montrer. J'esquive. Je me tiens en retrait, à la lisière.

Je feuillette un livre où des corps ouverts et autopsiés sont photographiés. Ils sont grumeleux, visqueux, mélangés, empâtés et souffrants, mais pas complètement méconnaissables. Ici, la tête avec quelques cheveux pend comme un balancier désaxé au bout d'une colonne vertébrale décharnée. Là, des témoins observent une longue silhouette rôtie, allongée sur un drap. On n'arrive pas à déchiffrer l'expression qui se peint sur leur visage. C'est quand on aperçoit au milieu de cet amas indistinct une main qui s'accroche au linge dans une dernière étreinte que l'histoire probable d'une personne défunte, celle dont l'un des morceaux redevient humain, se met à clignoter, entêtante, impossible à chasser.

Le passage en revue de toutes ces photographies, scènes de crime, exhumations, opérations post mortem, présentation des altérations successives auxquelles les dépouilles sont exposées, s'achève par un cahier de feuilles blanches assorties de cette indication qui sonne comme une proposition : « album à compléter ». Je me demande s'il ne serait pas judicieux de répertorier sur ces pages en papier glacé les corps qui traînent plus morts que vifs dans les zones vacantes entre moi et le dehors.

Il faut que je les regarde encore, que je les scrute, que je les accepte et les intègre à la connaissance partielle que j'ai de moi et de l'espèce humaine. Je choisis le moment où regarder devient envisageable, où je peux supporter la répugnance et l'horreur produites par la vision de ces corps en décomposition, en mauvaise posture, recousus à la hâte, examinés par des hommes en blouse blanche cigarette au bec, sans doute une manière pour eux de couvrir les odeurs. En première page, le bras levé d'un corps humain dont on ne comprend pas tout de suite la position, face et torse à moitié couverts par des vêtements, m'appelle. « Cette *rigor mortis* donne au mort des postures bien particulières », dit le texte. Je m'amuse de cette légende, du vide qu'elle ouvre ou du mystère. Oui, c'est sûr, il y a quelque chose de particulier dans ce corps érigé et mort à la fois, si particulier même qu'on a du mal à rester en contact avec l'image, à ne pas s'en détourner. Je m'obstine, je résiste, mais j'ai beau scruter chaque détail ou tenter d'évaluer l'ensemble de la silhouette ici photographiée, il m'est impossible de reconstituer, à partir de la masse flasque en partie cachée par des habits en désordre, les traits quelconques et particuliers d'un humain, homme ou femme.

Image suivante : sur un sol sablonneux, couvert d'une herbe maigre, une forme pleine et légèrement arrondie repose. Il s'agit d'une tête, dont on reconnaît l'oreille, les cheveux, le front tourné vers le sol comme vers un oreiller dans lequel on s'enfoncerait pour un dernier somme. La lumière arrive par-derrière, éclairant la nuque. Le cou sectionné court est prolongé par une matière fibreuse et irrégulière en partie détachée du reste, qui s'éparpille en tas indiscernables et sombres. La texture des bords de cette tête semble signaler qu'elle a opposé une forte résistance à celui qui tentait de l'arracher. Le texte d'accompagnement détrompe, rassure, déplace le regard, rappelle le lien indissociable entre la chair et sa corruption. « Au cours de la putréfaction, plusieurs escouades d'insectes thanatophages se succèdent par vagues, détruisant à mesure le cadavre, jusqu'à n'abandonner à la fin qu'un squelette sec et plusieurs centaines de carapaces vides.» Je découvre que l'imagination invente des causes autrement plus violentes, des gestes échangés ou subis, là où, si on en croit la légende, il ne s'agirait que du lent processus de nettoyage assuré par la nature et ses cohortes de charognards. Cette explication ne dit rien des raisons pour lesquelles ce corps s'est trouvé là, dans ce paysage désert et vaguement hostile. Mais elle offre l'avantage de rappeler que tout cadavre est un élément et un instrument de la nature, une nourriture, une aubaine, un accélérateur de vies minuscules. Il faut donc revenir aux faits, aux chiffres, à l'appréhension directe des corps souffrants, agonisants, défunts, il faut consentir au dégoût, regarder les morts au lieu de les imaginer, il ne faut plus fuir.

Je vais retourner dans la maison, y faire une ultime station, revoir ceux que j'y ai côtoyés avant qu'ils ne prennent la texture immatérielle qu'ils ont désormais dans mes songes. Je parcourrai une à une les pièces dans l'ordre où je les ai quotidiennement traversées, la chambre conjugale et la chambre des enfants, le salon attenant à la salle à manger, les meubles en merisier que mes parents ont gardés et qui sont aujourd'hui encore dans leur salle à manger, le tiroir de leur commode dont l'un m'est régulièrement désigné comme celui dans lequel je devrai fouiller en cas de décès brutal de mes deux ascendants et qui contient sans doute les contrats, les numéros de compte, les assurances, les lettres posthumes, tout un héritage dont je suis désormais la seule légataire.

Le tiroir n'est qu'un exemple, un signe ou un symptôme des désordres que les morts brutales provoquent dans les familles. Et quand j'y pense, j'en veux à tous les suicidés, à leur manière, en mettant fin à leurs jours, de bouleverser à jamais leurs proches. J'en viens même à me demander s'ils n'ont pas pris un malin plaisir à imaginer dans leur for intérieur les conséquences immenses et irréversibles de leur acte. Finalement toute leur puissance s'exprime là et ils ne lésinent pas sur les moyens d'obtenir le maximum d'effets.

Les suicidés sont des terroristes. Ils nous prennent en otage, ils menacent sous nos yeux impuissants de se faire exploser la cervelle ou d'avaler un tube de somnifères. Nous leur pardonnons parce qu'ils ont mal, mais si nous nous mettions en colère nous pourrions peut-être nous libérer de leur emprise, de la terrible pression qu'ils exercent sur nous. Leur jouissance ultime consiste à mettre en scène leur fin, se pendre à une poutre de leur maison, flotter dans la piscine d'amis proches, s'ouvrir les veines dans la baignoire de leurs parents, se jeter sous une rame afin d'immobiliser le trafic des voyageurs pendant plusieurs heures. Obnubilés par leur souffrance ils ne pensent sans doute pas à ce qu'ils laissent. Peut-être essayent-ils seulement de revoir, par flashes, quelques épisodes heureux de leur vie passée, s'octroyant ainsi un ultime instant de bien-être avant le plongeon final. Ou peut-être préfèrent-ils que ces réminiscences de dernière minute ne soient toutes désespérées afin de ne pas regretter in extremis leur choix irréversible.

Au cinéma, quand les personnages meurent dans des accidents de voiture, des tremblements de terre, des avalanches, des ruptures d'anévrisme, des infarctus, des infections fulgurantes, des attaques de bêtes fauves, ils ont souvent le temps de se rappeler juste avant de mourir toute leur vie en accéléré. Ces instants d'intense émotion sont d'une rapidité extrême. Mais moi vivante et dégagée provisoirement de l'angoisse d'une fin imminente, je prends mon temps, je choisis les délices cruels de la lenteur, je me glisse dans les replis et anfractuosités que, dans le passé, je n'ai pas eu le temps d'explorer, je revisite avec une délectation morose l'âge où je croyais encore que les trois silhouettes qui composaient mon environnement seraient des étoiles fixes diffusant leur lumière égale et inchangée sur l'univers, je m'offre le plaisir terrible du retour, de la répétition, de la durée, je reconstitue l'état dans lequel j'étais avant les séparations, je me souviens de moi en étrangère.

Ma semaine de cours s'achève, je prends le train, je quitte Paris. Je regarde la ville se dérouler puis s'effilocher de l'autre côté de la vitre. L'environnement change imperceptiblement, la tuile succède au zinc, les entrepôts, gravières, cimenteries s'effacent au profit des châteaux d'eau. C'est l'hiver, les jardins ouvriers alternent avec les friches, les herbes s'emparent des talus, je rentre à la maison. À la gare, je marche d'un bon pas pour atteindre le village. Je monte la rue principale et au lieu de pousser la grille d'entrée attenante à l'ancienne mairie, je passe par-derrière. Le jardin s'étend dans le crépuscule, les contours des barrières se fondent dans le gris, le mur de pierre sèche fait une tache plus claire. Je reste un moment assise sur l'une des marches. Je m'adosse à la porte vitrée, je reste face à la campagne. Il ne fait pas froid. Le grand cerisier dénudé étend sa main ouverte dans le noir.

Aucune menace ne pèse sur moi. La colline juste en face est tranquille. Un vent familier secoue les trois pins qui se dressent, frêles, à ma gauche. En bas, après le muret, j'entends la rivière. Quand la nuit vient, les bruits se concentrent, s'intensifient, prennent une ampleur démesurée et suspecte. La rivière devient un torrent, un fleuve, un océan. Mais la nuit n'est pas encore là. La nature se tient, restreinte, dans les bornes que les poteaux, les piquets, les barrières, les bords de champs, les lignes de labour dessinent.

Je me rappelle être déjà allée de l'autre côté de la rivière, avoir monté la colline en face et m'être retrouvée dans le bois. Je suis petite, je joue à cache-cache, c'est un apprentissage douloureux et nécessaire, comme une répétition avant la vraie vie. Au lieu de me cacher dans la maison, je cours vers l'extérieur, j'enjambe le mur de pierre sèche, je saute dans le champ du voisin, je cours vers la rivière, je ne me retourne pas. Je me camoufle dans les hautes herbes, je vois ma sœur debout sur le perron observer les environs de la maison et scruter le moindre mouvement qui pourrait la mettre sur la piste. Elle ne s'impatiente pas, elle sourit. Elle cherche des traces, cailloux déplacés, tiges d'herbe pliées sous mon poids, empreintes diverses. La semelle de mes tennis est dessinée sur la terre grasse qui descend vers les berges. Elle met ses pas dans les miens. Je l'entends venir dans ma direction.

Je rampe dans l'herbe puis je m'immerge dans l'eau. Je dois lui échapper. Je suis la victime, la proie, elle est le chasseur. C'est un jeu récurrent grâce auquel j'apprends à me séparer d'elle, à ne pas me couler dans son ombre, à la craindre, à me dérober. Je sais que tout fugitif doit passer de l'autre côté. Je n'ai pas le droit de le faire, les adultes me l'ont interdit. Ils ont défini un périmètre clos qui s'arrête au fond du jardin. Il y a une frontière nette et naturelle entre notre espace de jeux et les contrées étrangères.

Je reste immobile, elle s'approche. Elle est plus près. Plus près qu'elle ne l'a jamais été. C'est terrible de la sentir si près et de ne pouvoir l'appeler. J'écoute toute la nature m'envelopper, me consoler de la perte de ma sœur, de notre affrontement muet. La distance entre nous augmente dans ma tête à mesure qu'elle diminue dans les faits. Dans le jeu, nous sommes dans deux camps adverses. Je remplis mes poumons, je plonge la tête dans la rivière, je nage. Mes vêtements collent à ma peau. Mes chaussures à mes pieds pèsent. Je me laisse porter par le courant. Mes membres sont raidis par l'humidité, je manque d'air. Je reviens à la surface, je vois sa silhouette sombre se découper sur les champs verts, j'ai l'impression qu'elle me fait signe. Je ne vais pas tomber dans le piège, je ne vais pas revenir vers elle, elle est le chasseur, je suis sa proie, je dérive, je suis trempée, l'air est doux, je m'accroche à une branche, je m'extrais du courant, je m'allonge sur la rive, je reprends ma respiration, je tremble, je monte le versant est, j'aperçois la maison en contrebas, elle est de plus en plus petite, ma sœur aussi rétrécit, elle devient floue, son image vacille. À cette distance, j'ai l'impression qu'elle marche au ralenti, l'intensité de son regard faiblit, sa voix qui appelle s'assourdit, sa taille diminue. Elle devient inoffensive. Et lointaine.

Plus tard, je suis dans le bois en haut de la colline, je cherche une clairière, je trébuche sur le sentier envahi par les ronces, mes vêtements sont boueux, j'ai perdu une chaussure, je boitille, j'ai des égratignures sur les jambes et les bras, j'ai de plus en plus froid, un lapin saute devant moi, un chevreuil se tient frissonnant entre les arbres, une chauve-souris volette et me barre la route, je gêne les habitants de la forêt, ils me le disent dans toutes leurs langues, je marche à l'aveuglette, des hululements, bourdonnements, plaintes, croassements, beuglements me couvrent et m'environnent, je suis une petite fille et j'ai perdu mon seul repère.

Je m'endors sur la terre humide parmi les animaux du soir. Ma sœur n'est pas venue me chercher ou elle ne m'a pas retrouvée. Je suis déçue. Vexée. Et affolée aussi. D'autres pourraient sortir et me prendre. Je reste longtemps éveillée à scruter l'obscurité striée de mouvements, d'appels. Personne ne me récupérera maintenant. Je dois rebrousser chemin, me fier à mes propres traces, éviter les patrouilles, les hordes, les mauvaises rencontres, les errants, les individus louches. Le réverbère à l'entrée du village est resté allumé, je me sers de la lumière qu'il diffuse pour me guider, il y a des moments où je crois l'apercevoir puis elle disparaît entre les arbres. Quand j'arrive enfin chez moi, mes parents m'attendent, anxieux, sur le pas de la porte, Où étais-tu, nous t'avons cherchée, je suis consignée dans la chambre, la chambre d'enfants, la chambre pour les deux filles, la chambre où nous dormons ensemble, cette chambre où sa couche est vide, pourquoi sa couche est-elle vide, comment ai-je pu oublier qu'elle est partie depuis des mois, qu'elle a quitté le foyer, elle n'a même pas attendu la fin du jeu, ou que je sois plus grande, ou que je sois plus indépendante ou que je me débrouille toute seule ou que je n'aie plus besoin d'elle ou que je l'aime moins, non, elle est partie avant, elle a trouvé un amoureux, des amis, une autre famille, c'est un abandon permanent.

Frédéric K. a beaucoup pratiqué les services ambulatoires d'urgence, il est allé là où les gens ont besoin d'être réanimés, dans leur maison, dans leur appartement, sur leur lieu de travail, dans des chambres d'hôtel, des salles d'attente, des bars, sur le trottoir, il a soigné sur le macadam, dans des mares d'alcool, des lits d'appoint, entre le divan et la table basse, au milieu d'un repas, dans un ascenseur, une salle des machines, il est entré dans une usine EDF pour récupérer un ouvrier électrocuté et collé à un fil, dans des hangars, des endroits dangereux, suspects, intimes, le métier d'urgentiste l'a fait voyager dans toutes les couches de la société et sur toutes sortes de territoires.

Adossée à la porte vitrée, je laisse mon regard errer sur la campagne pour me reposer de mes souvenirs. La maison est calme, personne. Depuis le départ de ma sœur, j'ai fait ma vie autrement, je me suis arrangée pour remplir les vides, j'ai changé de territoire, j'habite une chambre à Paris, je suis étudiante, j'ai des amis. Je fréquente peu ma sœur comme je fréquente peu son amoureux. Ils ne me plaisent pas. Ils ne me plaisent pas ensemble. Je n'aime pas l'âge qu'il a, le sourire qu'il a, la pipe qu'il fume, son front dégarni, son air fourbe. Je lui en veux de l'importance qu'il a prise, du pouvoir qu'elle lui a donné, de l'ascendant qu'il a sur elle. Elle ne vient plus nous voir. Elle parle peu. Elle a arrêté ses études. Elle a pris un congé. Puis deux congés. Puis trois congés. Elle n'arrive plus à lire. Elle a maigri. Elle est pâle. Elle a cessé de se coiffer. Elle a des croûtes larges et purulentes dans le dos, le long de la colonne vertébrale. Elle ne les soigne pas. Elle les gratte. Quand elle vient à la maison, presque en clandestine, elle enlève son chemisier et ma mère la badigeonne de crème. Elle s'étiole. Elle se renferme. Elle se consume. Elle se dissout. Elle est habitée. Elle est exténuée. Elle est exsangue. Quelque chose la ronge, la mange. Quelque chose la possède. Elle n'est plus elle-même. J'y suis indifférente. Je me venge.

Frédéric K. a aimé les missions d'urgence, on monte dans l'ambulance, on actionne le gyrophare bleu, on part en terre inconnue, on attrape des mains fiévreuses ou froides ou moites, on murmure des mots rassurants, on réfléchit le plus vite possible, on spécule, on déduit, on n'est jamais sûr d'arriver à rester suffisamment lucide pour mobiliser toutes ses connaissances, c'est un défi qu'on se lance, un exercice dangereux et stimulant.

Je fais le tour de la maison pour entrer par la porte principale et, au moment où je m'engage dans l'étroit passage qui sépare notre maison de la maison voisine, une ombre se découpe dans la cour, petite, menue, vacillante, incertaine, familière. Je tente de percer son mystère, elle paraît si fragile, j'ai l'impression qu'elle est sur le point de s'évanouir. L'ombre est furtive, solitaire, silencieuse, je m'arrête et je scrute ses contours. Ses mouvements sont étranges, à la fois lents et nerveux, elle vient de passer le portail, elle a donc les clefs, elle avance vers l'entrée principale, je ne sais pas si elle m'a vue, je fais un signe de la main, l'ombre s'immobilise. C'est alors que je la reconnais.

La plupart du temps, quand Frédéric K. arrive sur les lieux pour sauver un malade, celui-ci est déjà mort. Frédéric K. pose malgré tout des électrodes sur le corps inerte dont il a la charge, met en marche le défibrillateur, se démène. Ses gestes techniques, comme au théâtre, sont une simulation destinée non à sauver mais à donner le change aux familles, à leur montrer que la situation n'est jamais désespérée et qu'elles n'ont pas eu tort de recourir à ses services.

Au lieu de percer le mystère de la silhouette, dans la cour, je tente plutôt de lui échapper. Je me revois dans la forêt, dans la chambre vide, au bord de la rivière, je pense à autre chose, je m'évade, je me promène à Paris, au jardin du Luxembourg, entre la rue de Bièvre et la rue du Fer-à-Moulin, la rue Mouffetard et la rue Lacépède, je suis loin de chez moi, j'en profite pour ignorer mes proches, pour les évacuer et les annuler, je regarde d'autres visages, ils occupent entièrement mon attention, je bois leur beauté comme un sang régénérant, je ne me rends pas compte qu'en les vampirisant je les fatigue.

La petite silhouette s'approche, me frôle. Elle est si frêle que je pourrais la renverser d'un coup d'épaule, si incertaine que je pourrais l'éteindre d'un souffle. Je me retiens. J'essaye de dominer ma force nouvelle, le pouvoir que j'ai acquis en passant avec mes amis les portes de la ville, j'essaye de retrouver les liens qui m'attachent à cette silhouette désormais insignifiante et que j'ai, par le passé, tant admirée.

La silhouette s'arrête devant la porte principale et se tourne vers moi. Malgré le réverbère qui diffuse sa lumière orangée dans la cour, son visage est indistinct, je ne discerne que très mal ses traits, encore moins son expression. La nuit est en train de venir. C'est le moment où les bruits de l'extérieur prennent de l'ampleur, où la résistance que l'imagination oppose aux ténèbres diminue, où il devient possible de perdre ses propres contours, sa matérialité, son poids, pour rejoindre le monde indéterminé des ombres et dans ce monde une personne autrefois aimée et désormais fantomatique.

La silhouette va tomber, j'en suis sûre, elle va trébucher et sa chute se fera en douceur, elle glissera sur le sol dallé de la cour, son corps basculera et se répandra mollement dans la pente, il agonisera calmement à mes pieds, je n'aurai aucun moyen d'agir, c'est un dénouement possible, le signe qu'elle m'envoie, la demande qu'elle me fait, le chantage qu'elle m'inflige, je comprends que la silhouette, en venant au crépuscule, en traversant des routes et des villages jusqu'à la maison que nous avons partagée, a quelque chose à me dire et me lance un ultime appel.

Frédéric K. a oublié les nombreux visages de ceux qu'il a tenté en vain de sauver. En revanche il se souvient d'une aventure singulière, il était en stage au service psychiatrique de la Salpêtrière, on lui avait demandé de tenir compagnie à une femme dans le grand parc derrière le bâtiment, il est sorti dans la cour, il est allé la retrouver, elle était assise, il s'est assis à côté d'elle, il a essayé de lui parler, elle s'est tournée vers lui sans répondre, il a senti un poids sur sa poitrine, quelque chose qu'il n'avait jamais éprouvé, un mal de vivre et une douleur insupportables lui ont été transmis en un éclair, mille fois pire que toutes les douleurs physiques auxquelles il avait déjà été confronté, cette femme était plongée dans une mélancolie si profonde qu'aucune présence humaine n'aurait pu lui apporter un quelconque réconfort. Frédéric K. s'est senti inexpérimenté, inutile, stupide.

Nous entrons dans la maison. Tout est noir. Mes parents ne sont pas encore rentrés. J'allume la lumière pour que la silhouette ombreuse prenne corps, pour que son évanescence soit enfin vaincue. Rien n'y fait. La silhouette reste une silhouette, aussi légère, immatérielle et insaisissable que les mouvements du vent. Je m'assois dans le canapé, elle s'assoit à mes côtés. Je n'aime pas ce contact, cette proximité dont j'ai perdu l'habitude et qui me met à l'aise. Je me lève, je marche dans la pièce. Nous ne parlons pas. La silhouette me regarde avec ses yeux trop grands pour sa tête, ses yeux démesurément ouverts qui brûlent les orifices oculaires et semblent jaillir hors d'un corps léthargique, faible, intermittent. Le corps de la silhouette s'est évanoui. L'intensité du regard a pris toute l'énergie restante et a consumé les chairs. Elle est petite. Elle est pâle. Elle est maigre. Ses lèvres minces sont grises et gercées. Ses ongles rongés. Ses doigts fins ont enflé à force d'avoir été triturés, mâchouillés et blessés par des dents obstinées. Je laisse mon regard glisser sur elle sans m'y attarder comme si ça permettait de ne pas la considérer. Tout ce qui gêne, j'essaye de ne pas le voir. Je me rassure. Je me conforte. Je ne suis pas comme ça. Je ne serai pas comme ça. Je ne serai jamais comme ça. Je ne serai peut-être jamais comme ça.

Pour Frédéric K. les malades sont des cas à traiter, des problèmes à régler, des chiffres à comprendre. Il se défend contre l'émotion et l'affect qui pourraient parasiter l'exercice de son métier. Il est prêt à trancher, à séparer le mort du vif et, s'il le faut, à administrer des produits pour adoucir l'agonie d'un patient. Soigner ne consiste pas à sacraliser la vie, juste à la rendre acceptable.

La silhouette tremble. Je me tais. Je ne sais pas quoi dire. Ma vie est si loin maintenant. Une rancœur ancienne remonte à la surface, m'encombre et m'étonne. Je ne peux rien y faire, la silhouette contient en elle tout ce qu'elle est, tout ce qu'elle a été, tout ce que j'ai été, la silhouette est aussi la mienne. Je résiste à la manière qu'elle a de m'aspirer, de soulever mon enveloppe charnelle pour s'y loger. Je lutte contre elle. Contre la tristesse épouvantable qu'elle dégage et qu'elle génère. J'allume la télévision pour que nous soyons l'une et l'autre captées par des images extérieures, des images qui ne viennent pas de nous. La lumière bleutée de l'écran se reflète sur le visage de la silhouette et l'anime. J'épie. Je cherche quelque chose à voir dans ce visage dont l'impassibilité est effrayante. J'aurais envie d'ouvrir la porte vitrée qui donne sur le jardin et de courir en direction de la rivière, et de nager un moment, et de me laisser porter par le courant, et de m'extraire en tirant sur une grosse branche, et de monter sur la colline, et d'atteindre le bois, et de marcher sous les arbres, et de circuler pleine, libre et contente sans penser à ce qui se passerait si personne, silhouette, sœur, parents ou amis, ne me retrouvait.

La fenêtre est complètement noire maintenant. Nous nous reflétons dans la vitre qui ne laisse rien filtrer des paysages du dehors. Nous voyons, dans son encadrement impénétrable, le canapé, la télévision, nos deux corps côte à côte tournés vers le meuble magique d'où sortent des lumières bleutées. Alors elle parle. Je suis surprise de cette voix profonde bien qu'hésitante, comment une voix peut-elle sortir d'un corps aussi diaphane. C'est une voix qui semble détachée du corps dont elle procède. La silhouette fragile, évanescente, émet les mêmes sons rauques que ceux des ventriloques. Elle semble emprunter des fibres, cordes, larynx, gorge, glotte, palais, langue, bouche qui ne sont pas les siens comme dans les cas de transplantation d'organes. Ce n'est pas la voix de ma sœur, la voix familière, c'est une voix qui a été transformée par des circonstances, des événements, des chocs inconnus et qui s'élève, comme sortie d'un tunnel ou d'une cache, d'un souterrain. Il faut tendre l'oreille pour l'entendre, d'autant que les dialogues télévisuels la couvrent. Elle lance un appel discret, étouffé mais suppliant. Je monte le son, je m'isole. La voix insiste. Elle continue sa litanie ou sa demande. Le corps qu'elle emprunte est inexpressif, ni souffle ni mouvement des lèvres ne l'anime. Il y a une froideur de cave dans la texture de cette voix. Je pense aux films d'horreur dans lesquels des marionnettes articulées, des poupées martyrisées prennent vie pour punir leurs propriétaires. Je ne suis pas sensible à la pitié. J'ai envie de rire.

Frédéric K. se souvient du jour où un jeune patient est décédé dans la nuit, il était au bloc opératoire quand ils sont arrivés en hélicoptère, un véritable commando, ils ont débarqué dans l'hôpital, ils ont prélevé le cœur à la vitesse de l'éclair, ils ont mis l'organe dans une boîte, ils sont partis aussi sec en laissant le patient éviscéré et grand ouvert. Frédéric K. était abasourdi comme s'il venait d'être témoin d'une violente effraction. Il a replacé les entrailles tant bien que mal dans le ventre du mort puis il a recousu l'ensemble.

La voix ne se décourage pas, pas tout de suite. Elle questionne, elle fait diversion, elle m'interroge sur mes études, mes amis, mes trajets dans la grande ville. Je réponds de mauvaise grâce.

Je pense à la poupée, sa bouche s'ouvre, au lieu de parler elle mord. Je me méfie des ventriloques. Ils pourraient passer de la faiblesse à l'agressivité, de la supplication à l'attaque féroce. Je n'ai pas envie de rétablir le flux d'une relation que j'ai coupé pour éviter de souffrir. Je ne veux pas me laisser envahir par la compassion, de peur d'être à nouveau prise puis à nouveau abandonnée. Je reste à distance. Même dans cet état de somnambule, la silhouette redoutable et mélancolique pourrait encore m'attraper avant de me laisser sur le bord de la route. Cette fois-ci, c'est moi la plus forte. Plus jamais je ne céderai à un désir impossible à combler. J'en ai fait le serment.

Quelque chose dans les images télévisuelles face à notre canapé s'est emballé, le méchant dans sa voiture de sport est poursuivi par un flic. Les pneus crissent, les ennemis s'affrontent, ils se touchent par portières interposées, ils font hurler leurs moteurs, ils essayent de s'intimider, ils accélèrent, doublent des camions dans des virages en épingle à cheveu, prennent des chemins de traverse, réapparaissent sur des pistes pentues et non carrossables, sautent au-dessus de ponts routiers, malmènent leurs amortisseurs, jusqu'à ce que le méchant, gros plan sur ses yeux terrifiés, perde le contrôle de son véhicule. Il ne pourra plus éviter un énorme semi-remorque lancé à toute vitesse sur une nationale perpendiculaire à la sienne. Le choc est terrible. La voiture du méchant coupée en deux gît au milieu de la chaussée comme une magnifique nature morte. J'éteins la télévision quand la caméra lentement se rapproche de la carcasse et s'apprête à passer par la vitre fracassée. Je me tourne vers la silhouette. Puisqu'elle a traversé les collines, les villages et les champs pour venir à ma rencontre, j'accepte de me lier à elle le temps d'une soirée, pas plus, je délimite, je définis, je clôture.

Frédéric K. a parfois injecté des antidouleurs à des patients en état de mort cérébrale avant qu'on ne leur prélève des organes, et, durant ce travail, il lui est arrivé de parler et de caresser furtivement le front de ceux qui allaient être découpés comme s'il craignait que leur insensibilité, et peut-être la sienne, ne soit pas absolue.

La silhouette, sa voix et son visage et son attitude et son expression ne paraissent pas avoir été modifiés par l'épisode télévisuel. C'est comme si rien d'extérieur ne pouvait l'atteindre. Elle est assise à mes côtés, aussi fragile qu'une feuille dont toutes les nervures sont visibles et qu'on pourrait déchirer d'un coup sec. Elle me demande de visiter la maison, de parcourir les pièces connues, je lui donne mon accord d'un hochement de tête, elle me précède, elle marche avec lenteur et hésitation, elle passe sa main sur les meubles en merisier de la salle à manger, elle soulève les photographies dans leur cadre, elle dérange l'ordre des ustensiles de cuisine, elle fait tinter les casseroles sur leur crochet, elle ouvre la porte du cagibi sous l'escalier, l'une des cachettes que nous avons souvent pratiquée, elle me demande si je me souviens, tu te souviens, dit-elle, je me refuse à mêler ma voix à la sienne. Elle déplace les bouteilles en verre, caisses de matériel électrique, vaisselle dépareillée, j'espère qu'elle ne va pas ouvrir les cartons de photographies et apercevoir quelques-unes des images de nos excursions anciennes. On dirait qu'elle cherche quelque chose, un outil, une pièce de tissu, une aiguille qui lui permettraient de réparer un objet qu'elle garde précieusement dans son nouveau foyer. À moins qu'elle ne cherche ici même cet objet oublié dont elle ne sait plus ni la forme ni le nom. Je l'accompagne en silence sans lui fournir aucune aide, pour cette visite impromptue et nocturne dont je ne peux pas savoir qu'elle sera la dernière.

Elle pose sa main sur la rampe et lève les yeux vers les pièces du haut. Je me glisse derrière elle, je la suis comme son ombre, je me colle à elle, j'évite ainsi le spectacle de son visage douloureux, de sa peau parcheminée et pâle, de sa maigreur cadavérique. Si tout se passe comme dans notre enfance, il viendra un moment où, à force de rester dans ses traces, de me déplacer à sa suite, de sillonner l'espace et de le raturer, je creuserai un pli nouveau où me loger, un pli intérieur et hors de portée, façonné par le dessin embrouillé de mes allées et venues derrière elle. Et quand ce moment viendra, elle ne m'accompagnera pas, elle ne me gênera pas, elle ne me tourmentera pas, elle ne m'atteindra pas, j'aurai trouvé la trappe, j'aurai basculé de l'autre côté, j'aurai échappé à sa présence malfaisante, torturée, suppliante, j'aurai coupé le fil.

Frédéric K. a déjà débranché des malades en état de mort cérébrale. Le corps est chaud, le pouls bat, les reins, le cœur, les poumons fonctionnent. Pourtant l'encéphalogramme est plat. Les familles ont parfois du mal à l'admettre mais ainsi coupé de son système cérébral un patient n'a aucune chance de retrouver la conscience, ses mouvements ne sont que des réactions réflexes dénuées de signification.

La silhouette monte l'escalier comme une automate, je monte l'escalier derrière elle, je me mets dans ses pas, je retrouve les jeux d'autrefois, les pensées d'autrefois, les méthodes d'autrefois, les gestes d'autrefois, je suis identique à moi-même, on ne change pas, on essaye de passer à autre chose, c'est impossible, les premières traces, les premières expériences, les premiers visages, ceux qui ont impressionné la rétine au tout début restent en travers, on les écarte nerveusement, ils gênent, ils font obstacle, ils empêchent de voir, on les repousse, on les bouscule, leur masse opaque s'interpose, toujours elle est là, en vrai, en creux, en double, floue ou nette, c'est insupportable, de petites taches sombres, des mouches, bougent chaque fois qu'on veut aller plus vite qu'elles, on fait fonctionner son œil vers la gauche, vers la droite, elles suivent, elles accompagnent, elles bouchent, elles obturent, elles oblitèrent, il faudrait avoir d'autres yeux, des yeux jeunes et vifs dont le cristallin ne serait pas épaissi, nébuleux, trouble.

La silhouette m'ignore, elle va de l'avant. Elle ouvre la porte de notre chambre, elle reste sur le seuil, elle stationne et je stationne avec elle. Puis elle se dirige vers la chambre des parents, la chambre conjugale, celle où nous n'avions pas le droit d'entrer et à travers la serrure de laquelle nous regardions les parents travailler à leur descendance. Elle s'approche de la commode, elle ouvre les tiroirs, elle fouille avec une lenteur bizarre, comme si elle répétait une activité qui était autrefois réglée par un but et qui n'a désormais plus de sens. Ses doigts agrippent des objets et les délaissent, elle se souvient par les mains, par les attitudes, par la position des épaules. Ses gestes flottants sont détachés d'elle, elle les réalise comme si la liaison entre elle et eux était coupée, comme si elle essayait par le mouvement de tout le corps de se mettre en contact avec sa manière d'être du temps où elle vivait ici, dans la maison, comme si elle essayait, par l'imitation mécanique, de reconquérir son appartenance, de récupérer des lieux et des personnes qu'elle a volontairement quittés pour rejoindre son nouveau foyer et s'y perdre.

La silhouette reproduit les postures anciennes, je les reconnais, je reconnais les pistes, les trajectoires, toutes les formes de notre lien, je retrouve les comportements qui étaient siens, qui étaient nôtres, qui l'intégraient dans notre famille avant qu'elle ne la quitte, mais la présence, l'émotion, la pensée, la personne n'y sont pas, il y a un trou dans la silhouette, plus exactement la silhouette est un trou, un manque, on ne peut pas rester à côté d'elle, elle refroidit, elle aspire, elle annihile, on a envie de briser là, de rompre, on a envie de courir, on n'arrive plus à croire en elle, je n'y crois plus, je n'ai plus la confiance, je n'ai plus l'espoir, je n'ai plus l'admiration, je n'ai plus la naïveté, je n'ai plus l'empathie, la silhouette n'est plus accrochée à la mienne, ce n'est plus pareil, je n'ai pas changé mais j'ai changé quand même, ce jour-là, le dernier, je ne sais pas encore que je serai toute ma vie durant hantée par elle, ce jour-là, le dernier, je crois que je n'ai plus besoin d'elle, je me le prouve, je le lui prouve, elle ne m'est plus rien, j'en ai fini avec les jeux d'enfant et les cache-cache et les rêves et les renoncements, je la regarde sans amitié, sans amour, je la regarde avec crainte et angoisse et répulsion, et pourtant elle demande, et pourtant elle supplie, et pourtant elle manifeste sans un mot son attachement, elle raconte par ses gestes automatiques et impensés qu'elle souffre de s'être séparée, elle voudrait revenir, recommencer, une force en elle le lui interdit, la lutte est âpre, sa résistance s'émousse, son corps s'affaisse et rétrécit, elle se consume de l'intérieur pour ne pas se vautrer à nouveau dans la famille, s'y lover, elle ferme la bouche pour ne pas supplier, le visage demande de l'aide, les mains demandent de l'aide, les épaules demandent de l'aide, toute la chair se resserre pour ne pas être balayée par la violence de sa décision, elle est partie, oui, elle l'a voulu, oui, elle s'est installée avec un homme, l'homme au front dégarni, l'homme à la pipe, elle a souhaité ce départ mais elle est mangée par sa décision, par l'homme qui la maintient à l'écart, les hommes sont méchants, les hommes qui entrent dans les familles sont méchants, ils entrent par effraction, ils pénètrent par le corps le plus faible, ils s'immiscent par les parties vulnérables, les parties molles et humides, ils tâtent le corps familial et ils cherchent l'endroit par où entrer, ils sont patients, ils sont lents, sereins, déterminés, ils n'ont rien d'autre à faire que trouver la brèche et quand ils la trouvent ils pénètrent, ils le font sans violence, sans manifester goulûment leur victoire, tranquillement, avec une patience qui les honore, ils le font avec une douceur qui confond leur victime, la victime est satisfaite, elle croit, après avoir été pénétrée, qu'elle est enfin libérée, qu'elle est enfin sortie du corps de sa famille, qu'elle est enfin adulte, la brèche a été ouverte, le corps a été possédé, la famille a été divisée, la victime, heureuse, croit avoir vaincu ses démons, elle sort de la dépendance, elle quitte la maison, elle accède à l'âge adulte, elle ne sait pas que l'homme qui est entré a d'autres visées, l'homme qui est entré a l'intention d'avoir le dessus, l'homme qui est entré a l'intention de dominer et de posséder et de soumettre, il n'y a plus moyen d'échapper à la destruction, c'est en tout cas ce que la famille raconte et croit et invente pour maintenir sa fragile cohésion, la famille se resserre, la famille éjecte l'élément étranger et le rend responsable de tous les désordres, la famille hait l'étranger qui est entré et qui a pris possession de l'un de ses membres, la famille, l'air de rien, essaye de retirer la victime consentante des griffes de l'homme, la famille l'air de rien tente l'impossible, la victime, silhouette, sœur, qu'on lui trouve un nom, n'importe lequel, est tiraillée, prise entre le corps de sa famille et le corps de l'homme elle ne sait plus comment choisir, ne veut plus choisir, la silhouette sœur victime, qu'on lui trouve un nom, n'importe lequel, comme l'âne de Buridan s'arrête de choisir, elle interrompt son avancée, ni à gauche ni à droite, ni devant ni derrière, c'est la nouvelle religion de la silhouette, elle entend les membres de la famille qui lui disent Viens, viens vers nous, viens par ici, elle entend l'homme qui lui dit Viens, viens vers moi, viens par ici, elle est entre les deux, paralysée, elle n'y arrive plus, elle n'arrive plus à rester debout, à se lever, à manger, à boire, à travailler, à lire, à parler, elle ferme tout ce qui la relie à l'extérieur et aussi tout ce qui la relie à l'intérieur, elle s'absente, elle lâche, elle renonce, rien ne l'intéresse, rien ne la touche, rien ne l'occupe, l'immobilité dans laquelle elle se tient et qu'elle a choisie est définitive, elle a choisi définitivement de ne pas choisir, de se tenir à égale distance de l'homme et de la famille, de les regarder se déchirer sans agir, de les regarder se partager sa propre dépouille, à quoi cela servirait-il de la récupérer dans l'état où elle est aujourd'hui, à quoi cela servirait-il de la nourrir, de la choyer, de lui parler, elle est insensible, elle est froide, elle est inerte, rien à tirer de ce corps qui est devenu une enveloppe vide, je ne veux pas de ce corps, j'exècre ce corps, je le refuse, Va-t'en, ne me touche pas, va vers l'homme que tu as choisi ou que tu n'as pas choisi, je ne participerai pas à ce drame, je ne reviendrai pas te chercher, je suis, moi, avec mes amis, dans la grande ville, j'ai découvert une cachette nouvelle, une cachette extérieure, je suis passée de l'autre côté, je suis ailleurs, je suis sauve, j'ai trouvé une manière de me consoler, je me suis arrachée au foyer, je ne reviendrai pas te chercher, je me suis extirpée, j'ai déchiré le lien, ce déchirement a sûrement laissé des traces, comme un membre fantôme tu te manifestes à moi mais je supporte cet inconvénient, cette irritation, ce petit chatouillement désagréable, cette privation, je vais de l'avant, je ne reviendrai pas te chercher, quel que soit l'état dans lequel tu m'apparais, c'est trop tard, je me débarrasse de toi, de ton emprise, de ton ascendant, de ta voix, je te laisse, je te quitte, je m'affranchis, je me délivre.

Frédéric K. a passé quelques années dans un service néonatal de pointe spécialisé dans les grossesses à haut risque et l'euthanasie des fœtus. L'équipe de médecins à laquelle il appartenait devait détecter les malformations, diagnostics bizarres, handicaps à venir, trisomies, maladies génétiques, afin de décider avec les familles en détresse s'il fallait ou non interrompre le développement de l'embryon. C'est lui qui, pendant les accouchements prématurés, devait administrer une solution létale au fœtus avant que le cordon ombilical entre la parturiente et l'enfant ne soit coupé, c'est-à-dire avant que le fœtus, séparé de sa mère, ne soit considéré comme une personne à part entière. La sage-femme sortait le bébé et pressait sa bouche pour l'empêcher de respirer, il ne fallait pas qu'il ait de l'oxygène dans les poumons, l'air et la respiration étant médicalement et juridiquement des signes de vie. Ces interruptions de grossesse n'étaient légales qu'à ces conditions. Elles étaient extrêmement difficiles à la fois techniquement et émotivement. Peu de médecins acceptaient de les réaliser en raison de la responsabilité qui était la leur et parce que planait sur eux le spectre de l'infanticide. Les parents endeuillés pouvaient ensuite récupérer les fœtus morts pour une cérémonie du souvenir ou choisir de les laisser sur place. Dans ce dernier cas, les dépouilles étaient traitées comme déchets anatomiques et expédiées dans des conteneurs hermétiquement clos vers des incinérateurs autorisés où elles rejoignaient, pour être éliminées, des tissus, membres, organes, graisse et os issus des diverses interventions chirurgicales pratiquées dans l'hôpital.

La silhouette, découragée, s'est assise sur le lit. Elle s'allonge et ferme les yeux, je reste à ses côtés, raide, gênée, je ne comprends pas la place qu'elle occupe et celle qu'elle me fait occuper. Elle enlève son pull et son chemisier et elle me montre ses plaies. J'éprouve de la surprise et du dégoût et de la frayeur et de la tristesse. Une irrépressible envie de quitter la chambre me prend, je n'ai pas le courage de voir la silhouette atteinte par un mal qui vrille sa chair, l'exténue, la désolidarise, l'ouvre et l'infecte. Aujourd'hui encore, je fais refluer quand elles surgissent les pauvres images d'elle qui restent, à moitié nue, en attente de mon intervention. Son corps est maigre, ses côtes saillantes. Les vertèbres semblent sur le point de percer l'épiderme, pointues, dures, menaçantes. Et il y a aussi les croûtes, les plaies, certaines cicatrisées, d'autres encore profondes, suintantes. Je recouvre l'image. J'en appelle d'autres susceptibles de me dégager de celle qui me hante, des images extrêmes, violentes, sanglantes, morbides, sales, qu'elles viennent, qu'elles engloutissent mes souvenirs, qu'elles investissent et déforment l'image résiduelle, récurrente, lancinante, je ne veux plus avoir à l'esprit ce corps familier, proche, me montrant dans un dernier effort les marques de son combat inégal avec sa propre mélancolie.

Si la silhouette avait parlé, si je lui avais laissé la parole, si je l'avais écoutée, elle aurait dit, elle aurait pu dire, elle a peut-être dit, je n'ai pas entendu ce qu'elle a dit, je ne sais pas si elle a dit

Reste, je ne peux pas le faire toute seule, c'est dans mon dos, derrière, ça vient quand je ne vois pas, ça me prend par surprise, dans le dos, en moi mais invisible, les plaies s'ouvrent, elles grandissent, elles s'infectent mais ça se passe derrière et je ne vois rien, je ne peux pas agir, je ne peux pas soigner je peux seulement, en regardant dans la glace, en tournant la tête très fort, en faisant un terrible effort de torsion, je peux voir, c'est derrière, inatteignable, comme un autre corps collé à mon corps, comme une ombre, comme un double, je suis habitée, je suis plusieurs, va dans la salle de bains et apporte le nécessaire, je ne peux pas le faire moi-même, c'est derrière, quelqu'un doit le faire pour moi, j'ai besoin qu'on me soigne, c'est très simple, un peu de crème, un pansement, très simple, pas difficile, ici il doit y avoir ce qu'il faut, ici il y a toujours ce qu'il faut, il y a tout ce dont on a besoin, tout ce dont on peut rêver, c'est ici qu'on le trouve, dans la maison, je n'aurais pas dû partir, enfin si, j'ai agi comme je le devais, il fallait que je parte, enfin non, il est gentil mais il m'effraie un peu, il est gentil mais il ne me laisse pas tranquille, je ne peux pas quitter l'appartement où nous vivons, il ne m'autorise pas, il me surveille, il m'aime et me surveille, quand on aime on a tellement de craintes pour l'autre qu'on est obligé parfois de l'enfermer, c'est ça, il m'enferme par amour, il m'emprisonne et me protège, il pense à tout ce qui pourrait m'arriver s'il me laissait marcher et me déplacer et rencontrer d'autres gens, c'est vrai qu'il y a des risques, je ne prends aucun risque, je respecte sa crainte, il n'a pas tort, il a raison, avant c'était ici dans la famille, maintenant c'est avec lui, c'est pareil, j'ai grandi, j'ai vieilli, je connais la vie, si tu savais, je pourrais te raconter, tu ne peux pas imaginer, pas encore, si je te disais mais je vais t'épargner, tu auras bien le temps de découvrir par toi-même, ne me pose pas de questions, si tu savais, je voudrais te raconter comment cela arrive, ce qui advient pour qu'on passe ainsi de la curiosité à l'indifférence, c'est comme une maladie, c'est une maladie, une nappe lente, épaisse qui s'étale sur le corps, au début c'est de l'extérieur, on croit que ça vient de l'extérieur, c'est plus logique, l'hostilité de cette nappe, on peut y opposer sa propre force, on doit pouvoir se battre contre quelque chose quand on arrive à le cerner, quand il a une forme et une origine, au début on se raidit, on combat, on ne connaît pas l'ennemi mais on pense pouvoir le vaincre par la santé du corps, après c'est différent, après on se rend compte que la force n'a aucun effet sur l'ennemi, l'ennemi s'en moque, il n'entre pas par force ni contre quelque chose qu'on aurait en soi, il n'assiège pas, le modèle guerrier n'a aucun sens, ne correspond à rien, entrave la capacité à s'en sortir, le modèle guerrier induit en erreur, on ferait mieux d'écouter la nappe et de la suivre, on ferait mieux de la laisser se répandre pour essayer de comprendre ce qu'elle signifie, et quand on comprend que la nappe ne vient pas de l'extérieur, qu'elle n'a pas percé la peau et les muscles afin de s'infiltrer dedans, quand on comprend qu'elle s'est développée à partir d'un germe intime, et encore un germe c'est trop dire, quand on comprend qu'on lui a donné accès par sa pensée, alors c'est trop tard, rien ne compte déjà plus, il y a une inutilité du monde à laquelle on ne s'attendait pas, on n'a pas été préparée, on n'a pas été éduquée pour s'adapter à un tel vide, tu te souviens, nous pensions qu'il fallait apprendre, tu te souviens, tu me faisais répéter les cours d'histoire, tu attrapais les feuilles roses et jaunes sur lesquelles j'avais pris mes notes, la guerre, la deuxième guerre, la guerre est un bon exemple parce qu'elle n'offre pas un modèle utilisable, j'ai essayé mais avec ce modèle on ne va pas loin, on fait du surplace, on se défend, on se raidit, on combat l'ennemi et quand on comprend enfin qu'il n'y a pas d'ennemi il est trop tard, on est déjà rongée, la deuxième guerre, les forces alliées, tu me faisais répéter les dates, tu te souviens, moi l'aînée, toi la cadette, séparées par les années, ensemble et séparées, je ne t'ai pas parlé, je ne t'ai pas dit, je n'ai rien à dire, rien à décrire, ce qui arrive à chacun ne se décrit pas, on entend la nappe monter et venir comme une marée, de loin elle vient et on ne peut rien faire, j'aurais pu crier, demander de l'aide, revenir à la maison dans mon nouveau corps, altéré et abîmé, il ne m'aurait sûrement pas laissé faire, l'homme au front dégarni, il m'aurait sûrement ramenée chez lui, je me sens comme une dépouille qu'on se partage, comme une enveloppe vide, je n'y suis plus, la nappe a tout pris, elle a emporté jusqu'à mon affection, jusqu'à ma pitié, jusqu'à mon amour, ce qui circule dehors, autour de moi, ne me touche pas, ne m'occupe pas, tout ce que tu pourrais faire ne me serait d'aucun secours mais fais-le quand même, montre-moi, encore une fois, montre-moi qu'il y a chez toi et chez les autres, chez ceux qui m'entourent, cette étincelle de vie qui maintenant me manque, montre-moi que l'étincelle est intacte malgré mon retrait, que vous au moins êtes inchangés, que mon départ ou mon retour ou ma chute ou ma maladie qui est une maladie de l'indifférence, une indifférence si large qu'elle englobe le monde entier, une indifférence qui est si énorme qu'elle en devient douloureuse, il faut se séparer d'elle et du reste, il faut quitter la répétition chaque jour de sa venue, chaque jour qui arrive est une nouvelle épreuve à traverser, montre-moi que cette indifférence ne t'a pas changée, je n'en peux plus, je ne peux plus traverser cette épreuve, je n'ai plus l'énergie, je ne résiste plus, montre-moi que quelle que soit la décision que je vais prendre elle me sera pardonnée, c'est cela que je viens ici chercher, donne-moi cette assurance avant que je m'en aille, donne-moi cette unique certitude, cet unique repos, ou ne me le donne pas, qu'importe, de toute façon ça m'est égal.

Depuis quelques années, Frédéric K. a été obligé de renoncer aux urgences et à la réanimation. Il n'arrive plus à faire un métier qui exige une bonne santé physique et mentale, de la logique, des dossiers à mémoriser, des chiffres à analyser le plus vite possible, des décisions à prendre en hâte. Il est atteint d'une sclérose en plaques qui entame ses facultés. Il s'est reconverti dans l'anesthésie, il administre des hypnotiques qui dépriment la vigilance, des morphiniques qui atténuent la douleur, des curares qui relâchent les muscles, il se souvient de l'activité qui fut la sienne autrefois, les gens sur le pavé, des vies qui palpitent et basculent, cette aventure est pour lui achevée, il n'a plus à couper des cordons, ni à récupérer des morts au bord des trottoirs, le long des voies ferrées, dans leur lit, entre le canapé et la table basse, au milieu d'un mariage bien arrosé, adossés à un pont, écrasés sous un arbre, suspendus à une poutre, terrassés par la foudre ou le cafard. Il s'ennuie.

Malgré sa maigreur, la silhouette prend beaucoup de place. Elle prend toute la place. Elle m'empêche de rester assise à côté d'elle. Elle m'attrape. Elle m'aspire. Elle m'annihile. Elle m'envahit. Je dois lui échapper. Je me lève. J'explique que je dois partir. Je dois passer voir des amis, sortir de la maison. Nous nous reverrons plus tard. Je la soignerai plus tard. Tout de suite, je n'ai pas le temps. J'ai des examens à préparer. Des gens à voir. Des devoirs à rendre. Des livres à annoter. Des affaires à ranger. Je ne peux pas rester plus longtemps. Je suis vraiment désolée. Je passerai chez elle si elle le souhaite. La semaine prochaine, je ferai un petit crochet et je viendrai lui dire bonjour. On partira en promenade. On fera une petite sortie. On ira en ville. On mangera des glaces. On choisira un film. On parlera de ce qu'on devient. Elle n'a qu'à me dire quand. Ce sera bientôt. Une autre fois. Un autre jour. Je suis débordée. Je suis très prise. J'ai des obligations. J'ai de nouvelles relations. J'ai de nouveaux d'amis. C'est inévitable. On ne peut pas attendre toujours. On ne peut pas se morfondre. Ce serait inutile. Et malsain. La vie passe. On survit. On se lasse. On trahit. On n'a pas le choix. On garde quelques souvenirs. On les remue avec complaisance. On écoute les chansons qu'on écoutait avant. On vérifie. On a encore mal. C'est rassurant. On écoute moins les vieilles chansons. On se fatigue de la complaisance. On vérifie moins. On sait que ça pourrait revenir. Il suffirait de le vouloir. Et d'appeler la vieille peine pour qu'elle remonte à la surface. On ne l'appelle pas. On se permet de partir sur de nouveaux chemins. D'avoir de nouveaux amis. De quitter la maison. De marcher dans la grande ville. On se demande quand même si à force on ne risque pas. S'il n'y a pas des cas où. Alors on remet les vieilles chansons. Pour voir. On constate qu'elles font moins d'effet. C'est incompréhensible. C'est abominable. On ne se reconnaît pas. Pourquoi a-t-on moins mal? On ne retrouve plus l'ancienne peine. On la cherche, elle glisse entre les doigts. Elle se rétracte. On la perd. On croit qu'on la perd. On se le reproche. Comment en est-on arrivée là ? On se méprise. On se distrait. On s'amuse. C'est inévitable.

La silhouette dans mon dos se rhabille et me suit. Maintenant, c'est elle qui est derrière moi comme mon ombre. C'est elle qui descend l'escalier à ma suite. Qui se couvre avant d'aller dans le froid de la nuit. Qui, en ma compagnie, atteint la porte de la maison, sous le réverbère. Nous marchons un moment côte à côte. Je vais prendre à droite, je vais aller chez une amie, j'ai rendez-vous avec elle. C'est ce que je dis. En bas de la côte, le village s'étend à droite, à gauche la route sinue entre les champs. Pour rentrer chez elle, la silhouette doit prendre la route, quitter le village. Elle me fait un dernier signe, elle m'adresse un sourire, son expression est indéchiffrable, on ne déchiffre pas le visage de ceux qui appartiennent à une autre espèce.

Dans la nuit, j'ai vu la silhouette disparaître. Au lieu de marcher vers l'amie qui me servait de prétexte, j'ai regardé la silhouette diminuer, j'ai essayé avec mes yeux imparfaits de percer les ténèbres où elle s'est engouffrée et dissoute. J'ai marché un peu derrière elle, à distance, comme pour m'assurer qu'elle n'allait pas vaciller, tomber ou revenir en arrière. Après le petit pont qui enjambe la rivière, la route tourne et devient invisible, j'ai tenté d'écouter son pas léger sur le ruban d'asphalte, de discerner des variations dans la densité du noir, de saisir les vibrations de l'air remué par son passage, mes sens infirmes ne m'ont pas permis de suivre sa trace, très vite il n'y avait plus aucun signe d'elle. J'ai attendu, encore attentive à la texture bruissante de la nuit. Et quand j'ai été sûre qu'elle était partie, je me suis sentie soulagée d'un grand poids. Je me suis sentie enfin entière, enfin dégagée, légère. Je n'ai pas eu, pas tout de suite, envie de la rattraper pour lui dire que je pouvais l'aider ou la soutenir. J'ai eu un grand bonheur. J'ai eu une grande joie. Je me suis sentie jeune, en pleine santé, j'ai été contente, j'ai été sautillante, j'ai souri, j'étais délivrée, déliée, libre.

Beaucoup plus tard, j'ai répété et répété encore l'histoire de cette nuit-là, j'ai revu la bifurcation, à gauche ou à droite comme dans les tragédies grecques, j'ai parcouru en pensée ces heures banales qui ont pris, du fait de la disparition définitive de la silhouette, un autre sens, je m'en suis voulu d'avoir simulé l'indifférence, je m'en suis voulu d'avoir repoussé sa demande informulée, et je lui en ai voulu aussi de m'avoir donné une dernière fois l'occasion d'agir pour elle, sa dernière chance, ma dernière chance, notre dernière chance. Et je me suis dit qu'un jour j'écouterai cette voix que je n'ai pas écoutée, j'entendrai ces paroles que je n'ai pas entendues, je les dirai à sa place, je les répéterai, je les inventerai, je leur donnerai de l'écho.

Comme on désigne avec étonnement la lumière intense et minuscule qui dans la nuit galactique signale une ancienne étoile depuis longtemps éteinte, je désignerai le lieu et le temps de son éclat fugitif. Faute de pouvoir répondre à son appel, ce sera ma manière de laisser d'elle une trace, une petite trace personnelle, le seul, intime, tardif et dérisoire moyen que j'ai trouvé de ne pas l'abandonner.

« Quand on commence un puzzle, on sait que le puzzle s'appelle la vie et l'œuvre de Georges Perec mais on ne sait pas à quoi ça ressemble. Peut-être que ce sera tout blanc, peut-être qu'il y aura une petite étoile dans un coin. »

Georges Perec,
émission *Poésie ininterrompue*,
France Culture, 20 février 1977.

DU MÊME AUTEUR

Aux Éditions Verticales

DANS LE TEMPS, 1999

MES PETITES COMMUNAUTÉS, 1999

PUISQUE NOUS SOMMES VIVANTS, 2000

L'HOMME DE MES RÊVES, 2002

LES SEPT VOIES DE LA DÉSOBÉISSANCE, coll. « Minimales », 2004

LES FANTAISIES SPÉCULATIVES DE J. H. LE SÉMITE, 2005

ON N'EST PAS LÀ POUR DISPARAÎTRE, 2007 (Folio n° 4890). Prix franco-allemand Candide 2007, prix Pierre-Simon « Éthique et société » 2007, prix Wepler-Fondation La Poste 2007

QUE FONT LES RENNES APRÈS NOËL ?, 2010 (Folio n° 5437). Prix du livre Inter 2011, prix Alexandre-Vialatte 2011 et prix Ève-Delacroix de l'Académie française 2010

ILS NE SONT POUR RIEN DANS MES LARMES, coll. « Minimales », 2012

MÉCANISMES DE SURVIE EN MILIEU HOSTILE, 2014 (Folio n° 6078)

TOUTES LES FEMMES SONT DES ALIENS, coll. « Minimales », 2016

Chez d'autres éditeurs

LES FÉLINS M'AIMENT BIEN, *théâtre*, Actes Sud-Papiers, 2004

VIANDE FROIDE, *récit*, CentQuatre/Nouvelles Éditions Lignes, 2008

LES LOIS DE L'HOSPITALITÉ, *théâtre*, Inventaire/Invention, 2008

Composition Entrelignes
Impression Novoprint
à Barcelone, le 20 janvier 2016
Dépôt légal: janvier 2016

ISBN 978-2-07-046828-7 / Imprimé en Espagne.

294105